첫사랑의 침공

안전가옥 쇼-트 29

권혁일 단편집

트럭이 과속 방지 턱을 거칠게 넘었다. 덜컹거리는 트럭 위로 긴급 소집된 예비군들의 긴장과 불안, 두려움이 섞여 나뒹굴었다. 오늘 아침, 비무장 지대에 외계 비행선이 착륙했다. 한반도뿐만 아니라 전 세계 50곳 이상에서 동일한 상황이 벌어졌다. 외계인들은 우호적인 방문이 아니라는 점을 명확히 밝혔고, 온 지구는 비상사태에 돌입했다.

"이게 말이 됩니까? 예? 외계인 새끼들은 오려면 내년에 오든가, 왜 지금 오고 지랄이냐고!"

내 옆에 앉은 사람은 예비군 마지막 연차에 총을 잡고 외계인과 싸우러 가는 것은 억울하다며 울부짖었다. 사람들은 그 의견에 동조하듯 저마다의 욕지거리를 보탰다. 아무래도 이 침공을 반기는 사람은 세상에 나 하나뿐인 것 같았다.

첫사랑의 침공

누나가 했던 말, 진짜일지도 모르겠네.

외계선 침공 뉴스를 접한 그 순간부터 나는 줄곧 한 사람만을 생각하고 있다. 아, 이제는 '사람'이라고 하면 안 되는 건가.

서고 누나가 떠난 지도 벌써 6년이나 되었다. 6년 동안 불쑥불쑥 떠오르곤 했던 기억은 광대를 조물조물 주무르기도 했고, 불에 달군 단검처럼 마음 한 구석을 뜨겁게 찌르기도 했다. 누나가 했던 말이 진짜로 사실이라면, 나는 6년 만에 누나를 만나게 될지도 모른다.

지구를 정복하러 왔다는 외계인들은 도대체 어떤 모습을 하고 있을까? 서고 누나는 내 눈에 보이는 자신의 모습이 가짜라고 말했었지. 누나를 마주친다면 나는 누나를 쏠 수 있을까? 누나는, 누나는 나를⋯ 공격할까?

트럭은 차단선 앞에서 정차했다. 소위 계급장이 박힌 방탄모를 쓴 남자가 다가오더니, 뻑뻑해 보이는 눈과 뻐끔거리는 입으로 우리의 머릿수를 서너 번 셌다. 겉으로 다 드러날 만큼 긴장한 그 소위는 차트에 무언가를 휘갈겨 적고는 "통과!"라는 명령을 내렸다.

트럭은 다시 구르기 시작했다. 하늘을 찢어발기

는 전투기의 굉음에 나는 고개를 치켜들었다. 며칠 간 미세 먼지가 많았는데, 오늘은 어쩐지 하늘이 푸르렀다. 하늘색과 흰색은 절대 섞일 마음이 없다는 듯 각자 또렷했다. 외계인들은 일부러 날씨가 좋은 날을 골라 온 걸까, 서고 누나도 이런 날을 참 좋아 했었는데….

◆ ◆

"누나, 있잖아, 나…."

"윤아, 나는 지구 밖 아주 먼 곳에서 보내졌어. 우리 종족은 언젠가 지구의 모든 것을 빼앗으러 올 거야."

"그러니까, 누나가 외계…인이고, 지구인을 다 죽일 거고…. 아니, 그게 무슨 말도 안 되는…."

"윤이는 내가 지구에서 만난 사람 중에 가장 좋은 사람이야."

누나는 그 말을 남기고 사라졌다. 주머니에는 서울행 기차표가 두 장 들어 있었지만, 하나는 이제 쓸 모없어져 버렸다. 나는 열차 의자에 기대 조금 전 누나와의 대화를 수도 없이 반복해서 떠올려 봤다. 도

첫사랑의 침공

무지 이해할 수 없었다. 아니, 믿을 수 없었다. 외계인. 누나의 입에서 나온 그 낯선 단어를 나의 뇌는 좀처럼 받아들이지 못했다. 외계인이라니, 외계인이라니.

기다란 철제 통 속에 앉아 철길 위를 미끄러져 나아가고 있는 지금이 전부 꿈처럼 느껴졌다. 어쩌면 열차에 탄 사람들이 나만 빼고 전부 외계인인 건 아닐까. 이대로 있다 보면 창밖에 중력 잃은 어둠이 내려앉고, 가로등 불 대신 별빛이 쏟아지다가, 결국에는 누나가 돌아가야 한다던 외계 행성에 닿게 되는 건 아닐까.

차라리 그랬으면 좋겠다. 그럼 누나의 얼굴을 마주 보면서 누나가 외계인이면 나도 누나에게 외계인인 거 아니냐고, 그러니까 어차피 다 상관없는 거 아니냐고 따져 볼 수라도 있을 텐데.

꽉 쥐고 있던 손을 폈다. 누나가 떠난 자리에 남아 있던 돌멩이가 손안에서 아직 석양빛을 머금고 있었다. 이 돌멩이와 나, 둘 중에 더 초라한 쪽을 뽑으라면 당연히 나다. 돌은 남겨졌고, 나는 버려졌다. 가방에서 음료수를 꺼냈다. 누나와 나눠 마시려고 샀던 컨피던스 두 캔. 치이익. 마치 내 속의 무언가가 빠져나가는 느낌이었다. 꿀꺽, 꿀꺽, 꿀꺽. 목구멍을 타고 내려가는 탄산이 따가웠다.

서울에 도착한 나는 누나와 자주 앉아 있곤 했던 캠퍼스 벤치로 향했다. 갈 수 있는 곳이 거기밖에 떠오르질 않았다.

잔인해. 어이없어. 말도 안 되잖아.

벤치에 앉아 그렇게 되뇌었다. 입 밖으로, 근처에 사람이 있었다면 충분히 들렸을 만큼의 크기로. 짙은 남색의 공기와 흐리멍덩한 가로등 불이 서먹하게 섞여 주변을 메웠고, 오른손 옆에 놓인 팩 소주는 이 장면의 비참함을 완성시켜 주었다.

소주는 짜증이 날 만큼 썼다. 그 쓴맛에 기대고 싶었는데, 위로가 되기는커녕 내 감정을 더 망치고만 있었다. 나는 소주로 잊을 수 있는 아픔은 아픔이 아니라는 생각이 들었다. 아픔이 어떻게 고작 이따위 쓴맛으로 잊힐 수 있지? 그렇게 쉽게 잊히는 걸 감히 아픔이라고 부를 수 있나? 나는 빈 팩을 구겨 잔디밭에 패대기쳤다.

"말이 되냐? 외계… 아니 무슨, 아, 진짜. 말이 안 되잖아."
"그 누나 원래 좀 이상하긴 했어."
"뭐가 이상한데? 어, 씨발?"
"야, 왜 나한테 욕을 하고 지랄이야. 그냥 그렇다는 거지. 이거나 마셔."

첫사랑의 침공

연락을 받고 찾아와 준 형석은 내가 부탁한 맥주
— 소주보다 덜 쓰면서도 날 취하게 해 줄 무언가가
필요했다. — 를 내밀었다.

"내가 존나 널 놀리려는 건 아닌데, 외계인은 좀
웃기긴 하다."

형석은 330ml짜리 맥주 한 캔을 금세 비우더니,
트림을 참는 듯 찡그린 얼굴로 말했다.

"웃겨? 나는 존나 심각하다니까?"
"알았다고, 화 좀 내지 마."
"하, 진짜…."

나는 형석에게 한 번 더 욕을 해 주려다가, 스르
륵 힘이 빠져 맥주나 한 모금 들이켰다. 텅 빈 잔디
밭 위로 누나의 얼굴이 떠올랐다. 함께했던 시간들
이 한 프레임씩 또박또박 재생되었다. 손을 대면 베
일 것처럼 너무나 선명했다.

줄지어 이동하던 군용 트럭 행렬이 갑자기 멈춰
섰다.

"여기… GOP 아니에요?"
"아 씨바, 맞는 것 같은데. 아니 무슨 예비군을 최
전방으로 보내냐고, 씨발. 하, 진짜 미치겠네."

GOP라는 단어에 예비군 용사들은 동요하기 시작했다. GOP, 남방 한계선을 따라 죽 늘어선 248km의 철책과 초소. 대한민국 군인에게 '거의' 최전방인 곳.

"내리세요! 내리시라고, 빨리!"

갑자기 튀어나온 하사가 트럭의 잠금장치를 풀고 가장 바깥에 앉은 사람을 반강제로 끌어 내렸다. 그 모습을 본 다른 사람들은 짐짝 신세가 되기 싫었는지 하나둘 제 발로 트럭에서 내렸다.

"지금부터 여러분은 3중대 2소대 소속입니다. 여기 있는 병사의 안내를 받아 2소대에 합류해, 전투 준비 태세를 갖추십시오. 알겠습니까? 야, 김성호! 너 여기 인원들 인솔해서 2소대 막사로 이동시켜. 오케이?"

하사는 대답을 듣기도 전에 다음 트럭으로 이동해 버렸다. 어쩔 줄 몰라 하는 예비군들과 어쩔 줄 몰라 하는 김성호 일병 사이에 어정쩡한 침묵이 흘렀다. 평소의 나였다면 그 침묵에 섞여 누군가가 나설 때까지 가만히 있었겠지만, 지금은 그럴 여유가 없었다.

"간부 말대로 병사 인솔 따라 이동하시죠? 여기 무방비로 서 있다가는 외계인들한테 공격당해서 다 죽을 것 같은데요. 저희 총도 없잖아요. 거기

병사분, 2소대가 어느 쪽이에요?"

죽는다, 는 말은 침묵을 깨는 데 아주 효과적이었다. 예비군 용사들이 웅성이더니, 김 일병에게 서둘러 인솔하라고 재촉하기 시작했다. 죽기 싫은 건 김 일병도 마찬가지였다.

2소대 막사에 도착한 우리는 소대장에게 임무를 전달받았다. 외계인의 도심 진출을 막기 위해 철책을 사수하는 것. 소대장은 대단한 임무인 양 침을 튀겼지만, 쉽게 말해서 전방에 위치한 총알받이 역할이었다. 소대장의 해산 명령이 떨어졌을 때, 나는 그에게 다가가 물었다.

"저기 소대장님, 저는 비무장 지대로 가고 싶은 데요."
"비무… 예?"
"비무장 지대요. 비무장 지대에서 싸우고 싶습니다."
"아, DMZ는 이번 전투의 최전선입니다. 이… 성윤 예비군 병장은 GOP에 배치되었고요. 장담할 순 없지만, 이곳에 있는 편이 생존 확률은 조금… 더 높을 거예요."
"생존 따위는 중요하지 않습니다. 상대가 북한군도 아니고 외계인이잖아요. 죽을 때 죽더라도 더 의미 있게 싸우다 가고 싶습니다."

웃기지도 않는 소리였다. 나는 애국심이 투철한 참군인도, 그렇다고 간이 배 밖으로 튀어나온 놈도 아니었으니까. 그저 서고 누나를 만날 가능성을 높이고 싶었다. 그러기 위해서는 '거의' 최전방이 아닌 '진짜' 최전방으로 가, 외계선에 가장 먼저 닿아야 했다. 6년 만에 찾아온 기회였다. 어쩌면 내 남은 인생의 마지막 기회일 수도 있다. 이런 사정을 알 리 없는 소대장은 꽤나 놀란 표정을 지었다.

"이미 편제가 확정되어 제가 결정할 수 있는 사항이 아닙니다만⋯."

"소대장님! 기회를 주십시오!"

나는 괜히 소총의 어깨끈을 바짝 움켜쥐고 허리를 곧추세웠다.

"어허, 참⋯. 이런 예비군 용사님만 있다면 외계인이 떼로 몰려와도 걱정 없겠습니다. 좋습니다. 중대장님께 가시죠."

소대장은 중대장에게 자초지종을 설명했고, 중대장은 감격스러운 표정으로 나를 쳐다봤다. 이대로 대대장, 연대장, 사단장에게까지 갔다면 분명 전투에 나가기도 전에 훈장을 달았을 것이다.

"역시 대한의 예비군입니다. 좋아요. 통문 쪽에서 GP 보급 작전에 들어갈 차량이 대기 중입니다. 뒷좌석에 엄호조로 탑승하도록 하세요."

첫사랑의 침공

◆◆

　새내기들이 모여 앉은 커다란 강의실에 어색한 기운이 감돌았다. 동기들이 처음으로 모이는 자리는 중고등학교 새 학기보다 훨씬 더 어색했다. 중고등학교야 동네 친구가 한둘은 섞여 있기 마련이지만, 이곳에는 생판 처음 보는 사람들뿐이었다.

　"후배님들, 모두 자리에 앉으셨죠?"

　쾌활해 보이는 선배 하나가 어수선한 분위기를 바꿔 보려 나섰다. 곳곳에서 들릴까 말까 한 "네."라는 대답이 이끼처럼 잘게 돋아났다.

　"자리는 여덟 명씩 무작위로 배치해 보았어요. 이제 앞으로 지겹도록 볼 사람들이니까, 인사 한 번씩 나누도록 하세요."

　3초 정도 침묵이 흘렀지만, 용기 있게 입을 연 동기들의 "안녕하세요."라는 인사말이 모락모락 피어났고, 곧 강의실을 웅성웅성 메웠다. 나도 한 명 한 명의 눈을 반쯤 맞춰 가며 고개를 꾸벅꾸벅 숙였다. 내 옆에 앉은 사람과는 마지막 순서로 인사를 나눴는데, 오히려 바로 옆자리였기에 지금껏 쳐다보지도 못하고 있었다.

　"아…."

　나는 안녕하세요, 라고 말하려 했지만 순간 입이

움직이지 않았다.

"안녕하세요, 저는 서고라고 해요. 만나서 반가워요."

"아…."

"그쪽은 이름이 어떻게…?"

"아, 아, 네. 죄송해요. 이성윤입니다. 반갑습니다."

"이, 성, 윤. 잘 부탁해요."

서고 누나가 내 이름을 불러 주었을 때, 나는 꽃보다는 파르르 떨리는 이파리가 되었다.

"저… 죄송한데, 이름이 뭐라고 하셨죠?"

"서고예요. 서, 고."

"성…은요?"

"그냥 서고예요. 서, 고."

아마 누나는 몰랐을 것이다. 그 짧은 대화가 나에게는 얼마나 큰 충돌이었는지. 나는 파르르 떨리다가 훅 불어온 눈웃음에 나가떨어져, 공중에 아무렇게나 휘날리기 시작했다. 그날 술자리로 이동할 때도, 술을 마시면서도, 술자리가 끝나고 집으로 향하는 길에도 나는 계속 팔랑팔랑 나부꼈다.

침대에 몸을 던졌다. 뛰어온 것도 아닌데 숨이 찼다. 보고 싶다는 생각이 툭 자라나, 화들짝 고개를 저었다. 너무 가벼운 것 같아서. 그 가벼움을 누나가 다 알아 버릴 것 같아서. 아니, 이건 전혀 가벼운 게

첫사랑의 침공

아닌데. 불과 몇 시간 전에 처음 알게 된 사람이 이렇게 보고 싶은 것은.

"누나!"

며칠 후, 종합 강의동 앞에서 누나를 마주쳤다. 아니, 찾아냈다.

"어… 아, 성윤?"
"네, 이름 안 까먹으셨네요. 마침 저도 여기서 강의 들어서요."

거짓말이었다. 저 멀리 문과대에서 강의를 듣고, 여기까지 헐레벌떡 뛰어온 참이었다. OT 때 동기들이 서로 시간표를 공유하는 자리에서 나는 오직 누나의 시간표에만 귀를 기울였다.

"그래요? 저만 여기서 강의를 듣는 줄 알았는데."

누나의 말에 나의 두 귀가 붉게 물들었다.

"아, 그, 수강 정정을 해서요…. 맞다, 누나. 말 편하게 하세요. 스물둘이라고 했잖아요."
"그랬었죠. 성윤이 그래 주면 저도 그럴게요."
"네, 그렇게요. 아니, 그렇게. 어… 뒤에 또 강의 있어?"
"아니, 없어. 성윤은?"
"나도 없는데…. 누나, 그럼 뭐 어디 가는 거야?"
"어디 가려던 건 아니고, 그냥 좀 걸으려고. 성윤

도 시간 있으면 같이 걸을래?"

나는 좋다고 꼬리 대신 고개를 끄덕였다. 꽃샘추위를 실은 바람이 휙휙 불어오는 초봄의 캠퍼스였다. 개나리 몇 송이가 팽글팽글 돌며 낙하했고, 잔잔한 듯 끊임없이 일렁이는 호수의 표면에는 이따금씩 오리의 꽥꽥 소리가 울려 퍼졌다. 나는 그 풍경 속에서 숨죽인 채로 누나를 힐끗힐끗 쳐다봤다. 무슨 말을 건네야 하지, 무슨 말을 해야 누나와 친해질 수 있을까.

"아! 누나. 어제 뉴스 봤어? 그, 연쇄 살인범 있잖아. 알고 보니 피해자가 한 명 더 있대. 네 명이나 죽인 거야. 진짜 끔찍하지?"

이럴 수가. 끔찍한 것은 나였다. 그 순간 떠오른 것이 하필 연쇄 살인범 뉴스라니! 드라마도 있고 예능도 있는데, 하다못해 전공 수업 얘기라도 하지.

"생각보다 많은 것 같아."
"그치? 네 명이라니, 네 명이나."

목덜미에서 주룩 식은땀이 흘러내렸다. 연쇄 살인범 이야기 따위는 때려치우고 빨리 다른 주제로 넘어가야 했다.

"아니, 그런 일이 많은 것 같다고. 누군가를 죽이는 일. 뉴스엔 매일 그런 소식이 나오잖아. 지구든 어디든, 세상은 원래 다 그런 걸까. 누군가를 죽인다는 건 당연한 일인 걸까."

누나는 땅을 바라보며 말했다. 나한테 물어보는 건가? 대답을 해야 하는 건가?

"당연하니까, 어차피 일어날 수밖에 없는 일인 걸까. 그래도 괜찮은 걸까."

누나의 시선은 여전히 땅을 향해 있었다.

"아니, 절대, 절대 아니지! 절대 일어나서는 안 되는 일이지!"

입을 꼭 닫고 있다가는 침묵이 찾아올 것 같아, 다급하게 목소리를 높였다. 누나는 그제서야 내 쪽으로 고개를 들었다.

"누군가의 생명을 빼앗는 건 진짜 나쁜 일이잖아. 어? 그러면 안 되잖아. 생명은… 살 권리가 있어. 끊어지기 전까지 끊어서는 안 돼. 맞아, 안 되지."

나는 어떻게든 멋진 말을 뱉고 싶어 과장된 몸짓을 하며 이야기를 펼쳤다.

"성윤."

누나의 얼굴은 찬 바람을 맞아서인지 더 선명해 보였다.

"어?"

"모두가 성윤처럼 생각하면 좋을 텐데, 모두가."

"그렇게 생각하는 사람 많을 텐데 뭘…."

"성윤은 좋은 사람이야."

그 말에 내 입가에는 미소가 번지고 얼굴이 후끈 달아올랐다. 지금 이 기분을 액자에 담아, 방에 걸어 두고 닳을 때까지 하염없이 바라보고 싶었다.

"저기 누나, 계속 걸으면 추울 수도 있으니까 우리…."

카페에 가서 따뜻한 커피를 마시자고 할 생각이었다.

"야! 성윤아! 어, 서고 누나도 있네."

하지만 그때 저 앞에서 동기 셋이 산뜻한 목소리로 우리를 불렀다. 반가워야 하는데, 반갑지가 않았다.

"둘 다 강의 끝났어? 우리는 방금 끝나서 밥 먹으러 가는 길이었거든. 밥 먹었어?"

"아니, 아직."

서고 누나가 답했다.

"그럼 같이 가면 되겠네! 선배들이 후문 이층집이 맛있다고 하더라고."

"좋아. 성윤은?"

"아… 응. 좋지."

첫사랑의 침공

누나와 단둘뿐이었던 우주는 고작 10분 만에 멸망하였다.

◆ ◆

GP(Guard Post, 비무장 지대에 위치하는 경계 초소)로 들어가는 보급로는 제법 경사가 가팔랐다. 현역 시절 GOP까지는 몇 번쯤 가 본 적이 있었지만, 통문을 지나 GP까지 올라가는 건 이번이 처음이었다.

"이 예비군 선배 봐 봐. 진짜 대단하지 않냐? 다른 예비군들은 GOP까지도 뭐 죽으러 오는 것처럼 질질 짜면서 끌려왔는데, 이 선배는 자진해서 GP 임무를 맡겠다고 했어. 이게 군인 정신 아니냐? 어?"

앞좌석에 앉은 2소대장이 뒤를 돌아보며 병사들에게 말했다. 병사들은 곧 죽을 것이라는 긴장감 때문인지 고개를 살짝 끄덕이는 것 외에는 어떠한 반응도 보이지 않았다.

"왜 다들 벌써 죽은 것처럼 그러고 있어? 우리가 꼭 죽으리라는 법 있어? 그리고 말이야, 이건 어떻게 보면 기회야. 우리가 이 전쟁에서 이긴다면 인류 최초로 외계 침략자들에게 승리를 거두는 것이다, 이 말이야. 그렇지 않습니까, 이성윤 예비군 용사?"

소대장은 내게 확신에 찬 눈빛을 보냈다. 우리 둘만큼은 그렇게 생각하지 않느냐는 듯이. 나는 방탄모 끝을 잡고 어색한 웃음을 지어 보였다.

차창 밖의 하늘은 끝내주게 화창했고, 오염되지 않은 땅에서 돋아난 풀과 나무들이 서로를 끌어안으며 평화 통일을 이루고 있었다. 그 틈으로 뻗은 좁은 폭의 개천은 햇빛을 머리에 이고 거침없이 흘렀다. 겨우 '비무장 지대'라는 이름으로 불리고 있는 것이 아까울 만큼 아름다운 풍경이었다. 서고 누나가 날 보자마자 물어뜯지만 않는다면, 잠시 이곳을 걷지 않겠냐고 묻고 싶을 정도로.

바람이 훅 불어와 전투복과 방탄조끼 사이의 비좁은 틈을 훑고 지나갔다. 꽃샘추위가 서린 3월의 공기였다.

차는 10분쯤 달려 GP에 도착했다. 2소대장은 문을 열고 나온 3부소대장과 인사를 나누더니, 자랑스러운 얼굴로 나를 소개했다. 'GP에 자원한 대한의 예비군 용사'라고.

"자원을 하셨다고요? 이야, 든든하네!"

듬직한 체구의 3부소대장은 호탕한 웃음과 함께 엄지를 내보였고, 나는 겸연쩍은 웃음으로 대답을 대신했다.

첫사랑의 침공

"예비군 용사님, 혹시 현역 때 주특기가…?"

"통신이었습니다."

"이야, 잘됐네. 마침 3분대에 통신병이 하나 필요했는데. 전시 상황이니까 말은 지휘 체계에 따라 편하게 좀 할게요. 그 원래 통신병으로 있던 놈이 겁을 집어먹었는지 전투 불능 상태가 돼서 이번 차량 편으로 내려보낼 예정이야. 부사수가 있긴 한데, 아직 통신 잡은 지 얼마 안 돼서 불안불안했거든. 소대장님, 특이 사항 없다면 이 병장을 3분대 통신병으로 투입해도 되겠습니까?"

소대장은 대답 대신 나를 쳐다봤고, 나는 고개를 끄덕였다.

"그럼 저는 이 병장한테 GP 소개도 해 줄 겸, 초소 점검 좀 돌도록 하겠습니다. 살펴 가시고요. 단결!"

"단결! 부소대장님, 부탁합니다."

전방 초소에 올라가니, 쌍안경을 사용하지 않아도 외계선이 선명하게 보였다. 뉴스 속 모습 그대로였지만, 그것을 직접 두 눈으로 보고 있자니 더욱 믿기지가 않았다. 무성한 풀과 푸른 하늘, 그 사이에 걸쳐 있는 외계선. 눈앞의 풍경은 이해할 수 없는 현대 미술 작품과도 같았다.

"부소대장님, 저… 저희 부대가 외계선 가까이 접근하게 됩니까?"

"일단 UFO랑 가장 가까운 차단 진지까지 이동할 예정이야. 직선거리로 한 500m쯤 되지. 그 정도면 코앞인가? 혹시 작전에 참여하는 게 내키지 않으면…"

"아니요. 꼭 가겠습니다. 기왕이면 제일 가까운 곳까지 가고 싶습니다."

부소대장은 웃으며 내 어깨를 두드렸다.

"누나, 좀 힘들어 보이는데 잠깐 밖에 나갔다 올래?"

"응, 그러는 게 좋겠어."

술자리가 시작되고 나서부터 줄곧 이런 기회가 오기만을 기다리고 있었다. 서고 누나가 먼저 자리에서 일어났고, 나도 곧이어 따라나섰다. 옆에 앉은 애들 몇몇이 재밌다는 눈빛으로 쳐다보는 게 느껴졌지만, 나는 누나의 뒷모습에서 눈을 떼지 않았다.

"누나, 많이 마셨어? 속이 울렁거려?"

"글쎄…. 울렁거리는 것과는 다른데. 속이 좀 아파."

"아파? 어떡하지? 내가 약이라도 사다 줄까?"

"괜찮아. 이렇게 조금만 있으면 괜찮아질 거야."

누나는 가슴팍을 움켜쥐고 숨을 내쉬었다.

첫사랑의 침공

"어, 어, 그래. 빨리 괜찮아져야 할 텐데…."

고작 그런 말이 내가 해 줄 수 있는 전부였다.

우리는 펜션 마당에 놓인 평상에 나란히 앉아, 말 없이 3월 밤의 쌀쌀한 바람을 맞았다. 신입생 첫 MT가 한창인 펜션에서는 웃음소리가 끊이질 않았고, 평상 주변은 풀벌레 울음소리로 가득 찼는데, 우리 둘만 캡슐을 씌워 놓은 듯 고요했다.

"이제 좀 괜찮아?"

나는 5분 동안 발로 흙바닥만 긁다가 겨우 입을 열었다. 누나는 고개를 끄덕였다. 그러고는 싱긋 웃었다. 그 순간, 이 세상 모든 것이 사라지고 누나의 웃음만 남았다. 갑자기 무언가가 가슴팍을 휘익 긁고 지나갔다. 정체가 무엇인지 생각해 볼 틈도 없이, 그것은 순식간에 다시 돌아와 가슴속을 오묘한 동선으로 헤집었다. 속이 울렁거리면서 몸 전체가 떠오르는 것 같았다.

취기가 적당히 오르긴 했지만, 이건 단순한 알코올의 작용이 아니었다. 몸은 점점 풍선처럼 부풀어 올랐고, 간지럽지만 어디를 긁어야 할지 모르겠다는 답답함에 가슴이 터질 것 같았다. 스무 살이 될 때까지 누굴 좋아해 본 적이 없는 것도 아닌데, 지금의 감정은 옛 감정과 비교할 수 없을 만큼 어지러웠다.

"괜찮아? 성윤이도 술 때문에 힘든 거야?"

그 모습이 누나의 눈에도 보였나 보다.

"아니야, 좀 추워서 그런가 봐."
"그럼 들어갈까?"
"아니, 괜찮아."

가슴을 가득 메운 감정이 심장 박동의 가속 페달을 꾹 눌러 밟았다. 100에서 150으로, 150에서 200으로. 거친 심장 박동은 내 목에 걸려 있는 말을 어서 뱉으라고 재촉하는 북소리 같았다. 두둥, 두둥, 두둥, 두둥.

"누나. 혹시… 그냥, 아까 술자리에서도 이런 주제가 나와서 그냥 물어보는 건데….."
"응, 뭔데?"

누나는 내 쪽으로 몸을 살짝 기울였다. 눈이 마주쳤다. 누나의 눈동자는 갈색이었다. 갈색이긴 하지만 아주 낯선 갈색. 투명한 부분과 어두운 부분이 절묘하게 섞여 있었고, 아무런 장벽도 없지만 영원히 닿을 수 없을 것처럼 아득했다. 누나의 눈동자에는 내 모습이 맺혀 있었고, 그 뒤로는 우주가 회전하고 있었다. 더 바라보고 있다가는 멀미를 할 것 같아, 고개를 홱 돌렸다.

"무슨 질문이길래?"
"별건 아니고, 그… 만나는 사람 있는지 그냥 궁

첫사랑의 침공

금해서."

누나와 눈을 마주치지도 못한 채, 공기 중으로 어버버 말을 뱉었다.

"만나는 사람이라면 교제하는 사이인, 애인을 말하는 거지?"
"응."
"없어. 나에겐 없는 일이야."
"정말? 의외다. 누나는 있을 것 같았는데."

이제 심박수는 측정 가능한 범위를 초과해 버렸다. 손가락도 제대로 굽힐 수 없을 만큼 온몸에 지진이 일어, 평상에 똑바로 앉아 있기도 어려웠다.

"많이 추워? 이제 들어갈까?"
"아니야, 누나. 우리 조금만 더 있자. 조금만 더."

공석이라고 해도 내가 덥석 차지할 수 있는 자리인 건 아닐 테지만, 그 사실만으로도 지구의 맨 꼭대기에 오른 기분이었다. 귓가에 스치는 밤바람마저 온통 사랑 노래로 들렸다.

어깨에는 몇 년 만에 메어 보는 PRC-999K의 묵직함이 느껴졌다. 송수화기를 들어 테스트를 해 보았다. 후- 후-. 내 목소리가 송수화기를 타고 퍼졌다.

뒤이어 다른 분대의 테스트 음성도 들렸다.

3분대는 별다른 대화 없이 조심스럽게 비무장 지대의 비탈면을 타고 차단 진지로 이동했다. 중간 지점에 잠시 멈춰 섰을 때, 나는 외계선을 바라보았다. 꼭 거대한, 아주 거대한 바둑돌 같은 그 물체는 짙은 녹색을 띠고 있었다. 오묘한 그라데이션. 원래 초록색인지, 풀이 가득한 비무장 지대의 색을 머금은 것인지 모르겠다. 폭이 적어도 50m는 되어 보였고, 주변 나무들 위로 그림자를 드리운 것으로 보아 지상에서 족히 15m는 떠 있는 것 같았다. 누나가 진짜 저기 있는 걸까.

"누나, 잘 지냈어?"

누나를 만나면 건넬 말을 연습해 본다.

"응, 윤아."

저 외계선에서 누나가 걸어 나와, 나를 그렇게 불러 주는 모습을 그려 본다.

"누나, 있잖아, 나…."

6년 전, 모래사장 위에 펼쳐 두고 끝맺지 못한 그 말이 입가에 맴돈다.

첫사랑의 침공

◆◆

매주 수요일, 나는 문과대에서 종합 강의동으로 전력 질주를 했다. 쉬지 않고 달리면 누나가 듣는 강의가 끝나는 시간에 맞춰 도착할 수 있었다. 종합 강의동 광장에 도착한 나는 거친 숨을 정리할 틈도 없이 주변을 두리번거렸다. 시계를 보니 평소보다 3분이 늦었다. 강의가 조금 늦게 끝나는 바람에 누나를 놓친 걸까. 머리를 움켜쥐고 한숨을 쉬던 그때, 자판기 앞에 서 있는 누나의 뒷모습을 발견했다.

"누나!"

"윤이구나. 강의 끝났어?"

누나는 언젠가부터 나를 그렇게 불렀다. 이성윤에서 성윤으로, 성윤에서 윤으로. 누나가 부르는 내 이름이 한 글자씩 줄어들수록 누나와 가까워지는 것 같아, 들을 때마다 가슴이 미끈거렸다.

"응, 누나도 끝났지? 뭐 마셔?"

"난 이게 맛있더라. 여기 와서 처음 먹어 봤어."

누나는 자판기에서 뽑은 포카리스웨트 캔을 보여주었다.

"진짜? 누나 외국 살다 왔어? 어떻게 포카리를 스무 살이 넘도록…. 아, 아 뭐. 그럴 수도 있지. 나도 태어나서 이건 한 번도 안 먹어 봤어!"

혹시 누나가 민망해할까 봐, 나는 서둘러 컨피던스라는 음료를 가리키며 말했다.

"그래? 그럼 다음에는 저걸 마셔 봐야겠다. 포카리스웨트보다 맛있으면 좋겠네."

"다음에 같이 마셔 보자. 누나, 그거 이리 줘 봐. 내가 따 줄게. 자… 여기."

"고마워, 윤아."

누나가 웃으며 캔을 받아 들었다. 그 웃음을 한 번 보는 것만으로 내 하루가 다 저물어 버려도 좋았다.

하지만 오늘은 조금 더 욕심을 내 볼 생각이었다. 나는 소리 죽여 목을 가다듬고는, 어젯밤 수백 번 연습했던 말을 아주 조심스럽게 꺼냈다. 내 안에 존재하는 모든 용기를 끌어모아 간신히 완성한 문장이었다.

"누나, 우리 한강으로 산책 갈래? 날씨도 좋으니까."

대학 합격 조회를 할 때도 느껴 보지 못한 긴장감이었다. 콘크리트 바닥을 뜯어낼 것처럼 발가락에 힘을 꽉 주고 누나의 답을 기다렸다.

"응, 좋아."

그 대답에 나의 몸속에는 온통 박하 향이 퍼졌다.

우리는 20분을 걸어 한강에 닿았다. 주변에는 우리 학교 재킷을 입고 데이트를 즐기는 사람들도 여

첫사랑의 침공

럿 보였다. 나도 언젠가 누나의 손을 잡고 저들 틈에 섞일 수 있다면…. 그렇게 잠깐 사람 구경을 하는데, 누나가 벌써 저 멀리로 걸어가고 있었다.

"윤아, 이 사람들 멋있다. 멋있는 소리를 내고 있어."

한강 공원 한편에서 색소폰, 기타, 드럼으로 이뤄진 작은 밴드가 연주를 하고 있었다.

"어떤 소리가 제일 멋있는데?"
"그냥, 다 멋있어."

나는 처음으로 악기를 배우고 싶다고 생각했다. 누나가 좋아하는 게 악기라면, 나는 무엇이든 배울 수 있을 것 같았다. 사람들은 박수를 치고 사진을 찍었다. 휴대폰이 없는 누나는 눈과 귀로 그 모든 연주를 담으려는 듯 주의를 기울였다. 나는 반 발자국 뒤에서 그런 누나의 옆얼굴을 바라보았다. 누나의 입꼬리는 올라갔다가, 찢어졌다가, 벌어졌다. 곡이 끝나면 누나는 잠시 남들을 둘러보다가, 그들처럼 열심히 박수를 치고 환호를 보냈다. 그러고는 나를 쳐다봤다. 그러면 나도 부리나케 손뼉을 치고 환호성을 냈다. 마치 누나가 보기 전부터 그러고 있었다는 듯이. 나는 밴드가 조금 더 긴 곡을 연주해 주길 바랐다. 3분은 마음껏 누나를 바라보기엔 너무도 짧은 시간이었다.

공연이 끝나자 사람들은 연주자들 앞에 놓인 기타 케이스에 돈을 넣었고, 허겁지겁 가방을 뒤지던 누나는 탄식을 뱉었다.

"음료수를 사 먹는 게 아니었는데."

나도 허겁지겁 가방을 뒤졌다. 앞주머니 깊숙한 곳에서 껌 종이처럼 꼬깃꼬깃한 1000원짜리 지폐 두 장이 손에 잡혔다. 그 돈이 그렇게 반가울 줄이야. 나는 지폐를 허벅지에 슥슥 문질러서 펴고는 누나에게 한 장을 내밀었다. 우리는 기타 케이스로 다가가 돈을 넣었다.

"아, 계속 서 있었더니 다리 아프다. 누나, 우리 저기 가서 좀 앉자. 잠깐 편의점만 금방 들렀다 올게."

누나가 이제 그만 돌아가자고 할까 봐 나는 서둘러 다음 할 일을 정해 버렸다. 상품보다 사람이 더 많은 편의점을 뚫고 들어가 간식거리를 사고, 작은 은박 돗자리까지 하나 샀다. 내일 밥 먹을 돈이 없겠는데…. 한 끼는 굶지 뭐. 나는 봉지를 경쾌하게 흔들며 커플들로 가득한 잔디밭에 들어가 자리를 펼쳤다.

"누나, 여기 죄다 커플들이네. 다들 공부도 안 하고 팔자 참 좋다아."

굳이 커플들 사이에 자리 잡은 건, 분위기를 위해서였다.

첫사랑의 침공

"이 사람들이 모두 연애를 하는 건가?"

누나는 재밌다는 표정으로 주변을 둘러보았다. 왼손을 바닥에 짚고, 오른손은 턱 끝에 댄 채로. 나는 순간 바닥에 놓인 누나의 손 위에 내 손을 포개고 싶다는 충동에 휩싸였다. 손을 들어 올려 누나 쪽으로 천천히 뻗었다. 떨리는 손이 착륙을 앞두고 있을 무렵, 누나가 갑자기 내 쪽으로 고개를 돌렸다. 나는 손의 진로를 황급히 바꿔 맥주 캔에 비상 착륙시켰다.

"저기, 누나는 혹시 이상형이 어떻게 돼?"

맥주 두 캔을 비우고는 누나에게 물었다. 역시 어젯밤 수백 번 연습해 본 대사였다.

"이상형?"

"응, 이상형. 남자 친구가 생긴다면 어떤 사람이 었으면 좋겠는지. 그냥 궁금해서."

"음…. 글쎄. 생각해 본 적 없는걸. 윤이는?"

"아? 나? 내 이상형? 나는… 헤어스타일은 긴 웨이브에, 눈은 쌍꺼풀이 있든 없든 초롱초롱한 사람. 취미는 나랑 달라도 괜찮고, 음…. 그리고, 걷는 걸 좋아하는 사람?"

'누나'라고 두 글자로 말하면 될 것을 돌리고 꼬아서 전달했다. 그래도 이 정도면 내가 누나한테 관심이 있다는 걸 알아챌 수 있지 않나? 용기가 충만

하지 못한 나는 미끼를 던졌으니 입질이 올 거라는 막연하고 멍청한 희망을 품었다.

"사람들한테는 다 이상형이란 게 있는 건가? 부럽다, 윤아. 나도 오늘부터 생각해 봐야겠어. 윤이가 꼭 그런 여자 친구를 만났으면 좋겠다, 꼭."

낚싯줄이 끊어지다 못해 낚싯대까지 우지끈 부러져 버렸다. 자판기부터 한강까지, 줄곧 과속을 하던 심장이 가드레일을 처박고 절벽 아래로 굴러떨어졌다. 나는 고마워, 라고 말하고는 허탈하게 웃으며 남은 맥주를 쪼르륵 들이켰다.

차단 진지에서 대기한 지 세 시간이 지났을 무렵, 외계선은 사다리 비슷한 것을 지상에 대기 시작했다. 상급 부대로부터 즉시 교전에 임할 수 있는 태세를 갖추라는 지시가 떨어졌고, 외계선과 500m 떨어진 거리에 위치한 우리 차단 진지에는 무거운 긴장감이 내려앉았다.

"이 병장, 주파수 좀 잘 맞춰 봐 봐. 혹시 알아? UFO랑 통신이 닿을지."
"잘 못 들었습니다?"
"에헤이, 벌써 정신 줄 놨어? 그 주파수 좀 돌려서 뭐 들리는 거 없는지 확인해 보자고. 싸우지 말고

첫사랑의 침공

평화롭게 해결하자는 쇼부도 좀 보면 좋고."

긴장한 기색이 역력한 부소대장은 표정을 감추려는 듯 부러 실실 웃으며 내 어깨를 두드렸다.

"글쎄요…. 그게 될까요?"
"돈 드는 것도 아니고, 계속 이렇게 있기도 심심하잖아. 해 봐, 한번. 어?"

나는 못 이기는 척 송수화기를 귀에 대고, 주파수 다이얼을 돌려 가며 외계인을 호출했다.

"들리십니까? 들리십니까? 후- 후-."
"아무것도 안 들려?"

부소대장의 물음에 나는 고개를 끄덕이며 계속해서 다이얼을 돌려 댔다.

"무전이 들리면 신원을 밝혀 주십시오. 반복합니다. 무전이 들리면 신원을 밝혀 주십시오."

헛소리라고 생각했지만, 이상하게 그 끈을 잡고 싶어졌다.

"후- 후-. 아무도 없습니까?"

"너는 언제 형석이가 널 이성적으로 좋아한다고 느꼈어?"

나는 우리 과에서 가장 먼저 연애를 시작한 윤경에게 물었다.

"음…. 아! 영화 보러 가자고 했을 때인 것 같은데?"
"영화?"
"응. 단둘이 영화면 딱 뭔지 알잖아. 근데 왜? 너 누구 좋아하는 사람 있지?"
"아니, 그냥 물어보는 건데? 궁금하니까."
"아닌데, 좋아하는 사람 있는 것 같은데? 너… 서고 언니 좋아하지? 둘이 막 같이 다니던데."
"아니라니까. 나 빨리 다음 강의 들으러 가야 해. 괜히 이상한 소문 내지 말고. 간다."
"에이, 맞는 것 같은데? 잘해 봐!"

나는 도망치듯 강의실을 뛰쳐나왔다. 시계를 보니 오늘은 5분이나 늦었다. 오른쪽 신발 끈이 풀렸지만, 묶을 시간이 없었다. 누나를 만나기 위해 나는 또 종합 강의동을 향해 달렸다.

누나, 우리 영화 보러 갈래? 아니야.

혹시 영화 좋아해? 그것도 뻔하고.

누나, 〈스파이더맨〉 봤어? 얼마 전에 개봉했던데. 음, 이건 장르가 좀 별로인가.

달리는 동안 머릿속에는 온통 그런 생각뿐이었다. 주변만 뱅뱅 돌지 말고, 누나에게 진짜 마음을

첫사랑의 침공

전해야지. 조금 더 빨리 달려야 해. 혹시라도 어긋나 게 되면….

"어, 어! 누나!"
"윤이구나."

종합 강의동으로 가는 길목에서 누나를 마주쳤 다. 역시 더 서둘렀어야 했다.

"수요일은 종합 강의동에서 강의 듣는 날 아니었 어? 문과대 방향에서부터 뛰어오던데."
"아, 아 그게, 원래 종합 강의동에서 끝났는데, 잠 시 문과대에 들렀다가 다시 돌아오는 길이었어."

후드 티 안쪽에서 땀이 죽죽 흘렀다.

"그래? 신발 끈이 풀렸네. 다시 뛰려면 꼭 묶어야 겠어."
"아니, 괜찮아."

목이 바싹 타들어 갔다. 침을 꼴깍 삼켰다.

"어차피 누나를 만나러 가는 길이었거든."

주먹을 꽈악 쥐고 운을 뗐다. 손톱이 손바닥을 파 고들었다.

"나를?"
"응. 누나, 그 혹시… 시간이 막 좀 남는다거나 그 러면, 영화 보는 것도 좋아하나? 나도 좋아하는 데, 요즘 그 〈스파이더맨〉이 개봉했다 그래서."

같이 영화 보러 가자는 말을 세상에서 가장 한심하게 건네 버렸다.

"안 돼. 이제 시간이 얼마 남지 않았거든."

누나는 그렇게 답을 했다. 아주 먼 곳으로 시선을 돌리면서.

"어? 아아, 응. 뭐 오늘 안 되면 나는 다음에도 괜찮…."

당연히 거절할 수도 있겠다고 생각했지만, 내 마음은 충분히 준비되지 않았었나 보다. 고민도 해 보지 않고 거절하는 그 모습에 나는 어쩔 줄을 몰랐다. 아무도 내게 이런 상황을 태연하게 넘길 수 있는 방법을 가르쳐 주지 않았다.

"윤아, 나는 바다라는 걸 보고 싶어."
"바다를? 지금?"

누나의 그 말을 나는 모래알만큼도 이해할 수 없었다.

"응, 바다는 어디에 있지?"

한 가지 분명한 건, 누나와 함께 있고 싶다는 것뿐이었다. 바닷가에서든 영화관에서든.

우리는 서울역 3번 플랫폼에서 기차를 탔다. 목적지는 부산. 바다가 어디에 있냐는 누나의 물음에

첫사랑의 침공

내가 "부산."이라고 답했기 때문이었다. 부산은 서울 토박이인 내가 떠올릴 수 있는 가장 먼 바닷가였다. 영화는 두 시간이면 끝나지만, 부산까지 다녀온다면 하루 종일 붙어 있을 수 있다. 누나에게 마음을 전할 수 있는 기회가 두 배는, 아니 서너 배는 더 많이 생길 것이다. 누나가 아무런 말 없이 차창 밖을 바라보는 동안, 나는 부산에서 가장 예쁜 석양이 내려앉는 바다를, 오가는 사람이 적어 둘만의 고요를 나눌 수 있는 바다를 분주하게 찾았다.

"누나, 여기서 버스를 타고 조금 더 가면 돼. 거기에 아주 멋진 바다가 있대. 어, 1000번 버스 왔다. 가자!"

부산역에서 내린 우리는 버스를 타고 다대포 해변으로 이동했다. 부산 끝자락에 놓인 그 바다는 석양이 아름답고 주변이 조용한 곳이라고 했다. 버스에서 내리면 같이 석양을 바라보기 딱 좋은 시간이 될 것이다.

"누나, 근데 바다는 왜 보고 싶은 거야?"

누나는 부산에 내려올 때까지 침묵을 지켰다. 평소에도 수다스러운 편은 아니었지만, 오늘은 낯설어 보일 만큼 말이 없었다.

"나는 바다를 한 번도 본 적이 없거든."
"태어나서 한 번도?"

"응, 한 번도. 마지막에는 낯선 곳이 좋을 것 같아서."

"마지막?"

"바다가 내 생각만큼이나 낯설었으면 해."

누나는 창 쪽으로 고개를 돌리고, 다대포에 닿을 때까지 더 이상 아무런 말도 하지 않았다. 나는 그런 누나의 옆얼굴을 바라보았다. 버스가 신호에 걸려 한참을 서 있을 때도, 내 마음은 자꾸만 앞으로 나아 갔다. 이번에는 진짜로 잘해야 해. 누나가 단번에 내 마음을 알아차릴 수 있게. 정확한 발음으로, 귀에 거 슬리지 않게 적당한 크기로. 더듬지도 않고, 시선을 돌리지도 않고. 내 마음이 가진 그 모습 그대로를 잘 다듬어서 전해야 해.

초록빛의 외계선을 바라보며, 나는 야상 가장 깊 숙한 주머니에 넣어 둔 돌멩이를 꺼내 손안에서 굴 렸다. 언제나 이상한 느낌을 주는 돌이었다. 크기에 비해 가벼운 것 같으면서도, 어느 날 들어 보면 속이 금속으로 꽉 찬 것처럼 무거워져 있었다. 나는 처음 에 이 돌이 석양처럼 붉은빛을 띤다고 생각했다. 한 참을 그렇게 알고 있었기에, 어느 날 푸른빛을 내기 시작했을 때는 적잖이 당황했다. 돌은 며칠을 두어 도, 물에 씻어도, 노란 조명에 비춰도 푸른색으로 빛 났다. 태어날 때부터 푸른색이었다는 듯 태연스럽게.

첫사랑의 침공

그런데 지금 보니 돌은 꼭 외계선처럼 초록 빛깔을 내고 있다. 풀빛을 반사한 건가 싶어 하늘에 갖다 댔는데, 초록빛이 더 선명하게 빛날 뿐이었다. 한 가지 색이 아닌 그라데이션으로 빛나는 것도 꼭 저 외계선을 닮았다. 붉은색이었다가 푸른색이었다가 이제는 초록색으로 빛나는 돌. 6년을 나와 함께하는 동안 이 돌도 나이가 든 걸까. 나는 그 돌을 외계선 방향으로 내밀었다.

그 순간 돌이 지잉- 하고 울렸다. 약한 진동이었지만, 너무 놀라 그만 떨어뜨릴 뻔했다. 나는 괜히 돌을 바지에 슥슥 문질러 닦은 뒤, 다시 외계선을 향해 들었다. 역시 지잉- 하고 울렸다. 곧이어 무전기에서도 치익치익 소리가 났다. 나는 그 잡음 속에서 하나의 음절을 들을 수 있었다.

- 윤….

"이게….."
"응, 바다야. 멋있지?"

해안 산책로를 지나자 모래사장이 나타났고, 그 끄트머리를 물고 끝없는 바다가 펼쳐졌다.

"누나, 같이 가!"

누나는 어느덧 열 발자국을 앞서가고 있었다. 모래사장 위에서 뒤뚱거리는 누나가 넘어질까 걱정된다고 생각한 찰나, 철푸덕 고꾸라진 건 오히려 내 쪽이었다. 다행이라 해야 할까, 누나는 뒤도 돌아보지 않고 바다를 향해 걸어갔다. 나는 손바닥에 빼곡히 박힌 모래알을 털어 내고 서둘러 누나를 쫓았다.

우리는 모래사장 위에 자리를 잡고 앉았다. 발을 쭉 뻗으면 파도에 닿을 만큼 바닷물과 가까운 거리였다. 마침 석양도 적당한 자리를 찾았는지, 바다 위에서 붉은 숨을 뿜어내기 시작했다. 파도가 한 번 칠 때마다 노을은 조금씩 더 넓게 퍼져 나갔고, 얼마 지나지 않아 눈앞의 풍경을 죄다 물들여 놓았다. 나는 힐끗 누나 쪽을 바라보았다. 석양빛에 물든 누나의 얼굴은 현실을 한참 벗어나 있었다.

"누나, 있잖아, 나…."

수백 번을 고민하고 나서야, 준비한 말의 맨 앞부분을 간신히 뱉어 냈다. 빨리 나머지 말도 꺼내 붙여야 하는데, 가슴이 평소보다 몇 배는 더 두근거리는 탓에 지금 입을 열면 말 대신 쿵쿵 소리가 새어 나올 것만 같았다. 석양빛에 데어 붉어진 파도가 모래 위로 사악 펼쳐졌다가 스윽 사라졌다.

"낯선 곳에 오면 더 쉬울 줄 알았어."

내가 우물쭈물하는 사이, 누나가 말을 꺼냈다.

첫사랑의 침공

"응?"

"낯선 곳에서는 지구를 떠나는 것도, 윤이와 헤어지는 것도 아무렇지 않을 줄 알았어."

"떠난다니?"

"윤아, 나는 지구 밖 아주 먼 곳에서 보내졌어."

"누나, 농담도 할 줄 알았어? 그럼 누나가 뭐 외계인이야?"

나는 어색하게 웃으며 누나 쪽을 바라보았다. 누나는 고개를 끄덕였다.

"우리 종족이 지구 환경에 적응할 수 있을지 확인해야 했거든."

"누나 진짜 웃기다. 막 그럼 우주선도 타고?"

일부러 손 모양을 우스꽝스럽게 해 보였지만, 누나는 미동도 하지 않았다.

"아주 못된 얘기지만, 윤이에게는 꼭 해야 하는 얘기야. 윤아, 우리 종족은 언젠가 지구의 모든 것을 빼앗으러 올 거야. 하늘과 땅, 그리고 지금 너와 내가 보고 있는 이 바다까지 전부 다. 인간을 포함한 수많은 생명들도 희생되겠지."

"그러니까, 누나가 외계…인이고, 지구인을 다 죽일 거고…. 아니, 그게 무슨 말도 안 되는…."

"윤아, 내가 다시 돌아오게 되는 날은 아주 먼 미래였으면 좋겠어. 윤이가 나를 기억하지도 못할 만큼."

누나의 표정은 아주 진지했고, 슬퍼 보이기까지 했다. 그런 어처구니없는 말을 늘어놓은 사람이 지어서는 안 될 표정이었다.

"잠깐만, 누나. 내가 진짜 이해가 안 돼서 그래. 다시 한번만 말해 줄 수 있어?"

"나 목이 말라. 윤이가 그때 말해 준 음료수를 마셔 보고 싶어."

"그래, 뭐라도 좀 마셔야겠다. 음료수 마시면서 우리 천천히 얘기해 보자. 그래."

나는 휴대폰을 열어 가장 가까운 편의점을 검색했다. 걸어서 10분, 부지런히 뛴다면 5분 만에 충분히 다녀올 만한 거리였다.

"여기서 조금만 기다려 줘. 10분도 안 걸릴 거야, 알았지?"

나는 벌떡 일어나 신발 끈을 묶으며 말했다.

"윤아."

"어?"

"윤이는 내가 지구에서 만난 사람 중에 가장 좋은 사람이야."

"나도 누나가 지구에서 가장…. 아, 금방 다녀올게. 진짜로. 갔다 오면 얘기해."

나는 모래사장을 가로질러 편의점으로 뛰었다.

첫사랑의 침공

모래가 푹푹 꺼지는 바람에 좀처럼 속도가 나질 않아 답답했다. 10m를 갈 때마다 뒤를 돌아봤다. 누나는 그 자리에 그대로 앉아 있었다. 100m쯤 멀어졌을 때도 누나는 그대로 있었다. 빠르게, 빠르게만 다녀온다면 이 석양이 지기 전에 누나에게 마음을 전할 수 있으리라. 제대로 된 마음을.

편의점에 도착했을 때 나는 거친 숨을 몰아쉬며 냉장고를 열어젖혔다. 다행히도 누나가 마셔 보고 싶다던 컨피던스(CONFIDENCE)가 있었다. 컨피던스 한 캔과 맥주 한 캔을 담으려다가, 컨피던스 두 캔을 담았다. 그 음료의 이름이 뜻하는 '자신감'이 나에게도 필요했다.

계산을 마치자마자 편의점을 뛰쳐나갔다. 푹푹 꺼지는 모래를 밟으며 누나를 향해 달렸다. 누나가 보이지 않았다. 더 열심히 뛰었다. 여전히 보이지 않았다. 나는 아직 누나가 있던 곳에 닿지 못한 거라고 스스로를 설득하며, 온 힘을 다해 달렸다.

누나는 없었다. 해변의 끝부터 끝까지, 미친놈처럼 두리번거리며 누나의 이름을 불렀지만 누나는 없었다. 나는 다시 우리가 앉아 있던 자리로 돌아와, 녹아내리듯 주저앉았다. 붉게 타오르던 석양은 어느새 흔적도 없이 사라지고, 어둠과 파도 소리만이 가득했다. 결국 마음을 전하지 못했다. 말 한 마디조차 제대로 꺼내지 못했다.

그때 무언가 반짝이는 게 느껴졌다. 누나가 앉아 있던 자리였다. 돌멩이 하나가 석양을 머금은 듯 붉은빛을 내고 있었다. 아주 희미한 빛이었지만, 어둑한 모래사장에서는 그 돌이 스스로 빛을 내고 있다는 사실을 분명히 알 수 있었다. 나는 그 돌을 손에 쥐고 모래 위에 누웠다. 하늘을 쳐다봐도 누나는 보이질 않았다.

◆◆

- 윤… 들….

치이이이익.

- 윤… 들려? 윤….

치익, 치이이이이익.

- 윤이 맞아?

나는 그 목소리가 찾는 윤이 맞았고, 그 목소리의 주인은 분명 누나였다. 나는 멍하니 송수화기를 바라봤다. 손에 든 돌은 더 강한 진동을 일으키고 있었다. 눈앞에 펼쳐진 들판 위로 6년 전의 다대포 바다가 겹쳐졌다. 이번에도 같은 실수를 반복할 수는 없

첫사랑의 침공

었다. 나는 순식간에 통신 장비를 들쳐 메고, 돌을 꼭 쥔 채 차단 진지에서 뛰쳐나가 비탈을 타고 미끄러져 내려갔다.

"이 병장! 이 병장! 어디 가는 거야?"

부소대장이 다급한 목소리로 불렀다. 나는 뒤도 돌아보지 않았다.

"상부 명령 없이 행동하는 것은 군법 위반이야! 당장 돌아와!"

나는 부소대장의 모습이 장거리 표적만큼 작아질 때까지 앞으로 나아갔다. 외계선과 가까워질수록 돌은 강하게 요동쳤다.

— 이 병장! 부소대장이다. 지금 돌아오지 않으….

송수화기를 통해 부소대장의 목소리가 퍼졌다. 나는 무전기 채널을 돌렸다. 부소대장은 멀리서 있는 힘껏 고함을 질러 댔으나, 그의 목소리는 내 귓등을 타고 바람처럼 흩어질 뿐이었다. 나는 숨을 가다듬고 돌을 바라보았다. 돌은 어느새 진동을 멈추고, 깜빡깜빡 빛을 내고 있었다.

— 누나, 서고 누나?

— 윤이 맞구나! 이런 날이 이렇게 빨리 오지 않기를 바랐는데…. 미안해, 윤아. 그래도 그 돌, 가지

고 있어서 다행이야. 정말 다행이야.

- 누나, 지금 돌이 중요….

- 그 돌이 있으면 이 전쟁에서 살아남을 수 있어. 이들렛니, 그러니까 우리 종족 누구에게든 그 돌을 보여 준다면 너를 공격하지 않을 거야. 미안해, 그게 내가 할 수 있는 최선이야. 미안해, 윤아.

- 누나 말이 진짜 맞았네.

- 응?

- 누나는 지구 밖에서 왔다는 말.

- 윤아, 그래도….

돌이 있으면 살아남을 수 있고, 원한다면 지구와 환경이 비슷한 다른 행성으로 보내 줄 수도 있다는 말이 이어졌다. 그것 말고도 몇 가지 선택지가 더 던져졌지만, 그중에 누나와 내가 함께할 수 있는 시나리오는 하나도 없었다. 누나가 나를 억지로 밀어내는 걸까, 아니면 애초부터 둘이 함께한다는 것은 우주적으로 불가능한 일이었던 것일까. '첫사랑은 절대 이뤄질 수 없다'는 그 말이 고개를 들고 나를 향해 씩 웃었다.

- 누나.

- 응, 윤아. 우리가 통신할 수 있는 시간은 길지 않

첫사랑의 침공

아. 그러니까 내가 말한 그….

- 누나, 나는 싫어.

- 응?

- 누나가 말한 것 중에 내가 바라는 건 하나도 없어. 이 돌도 버리려고.

- 윤아, 그 돌을 버려선 안 돼!

나는 돌을 내려다보았다. 6년 전, 이 돌을 꽉 움켜쥐고 목구멍까지 차오르는 설움을 꾹꾹 눌러 삼키던 스무 살의 내가 보였다.

- 누나, 지금 내가 보여?

- 모습이 보이진 않아. 하지만 위치 추적 장비로 네가 어디 있는지는 알 수 있어. 나와 멀지 않아.

하늘을 바라보았다. 기막히게 푸르렀다.

- 누나, 잠깐 나올 수 있어?

- 나오다니?

- 외계선 밖으로 나올 수 있냐고. 날씨가 이렇게 좋잖아. 산책하기 좋은 날씨야.

- 윤아, 이제 곧 공격이 시작될 거야. 주어진 시간

이 많지 않아.

- 누나 산책 좋아하잖아. 나도 좋아해. 예전처럼 누나랑 걷고 싶어.

- 윤아, 지금 시간이… 지….

초록빛으로 빛나던 돌이 새빨간 색으로 변했다. 고개를 들어 보니 외계선도 어느덧 새빨간 빛을 띠기 시작했다. 곧이어 돌과 외계선은 사이렌처럼 깜빡였다.

- 윤아, 그 돌 꼭 쥐고 있어. 꼭. 놓치면 안 돼. 알겠지?

- 누나, 나올 거지? 꼭 할 말이 있어.

그때 머리 위로 전투기 무리가 지나가더니, 외계선 위로 폭탄 수십 발을 떨어뜨렸다. 외계선은 곧장 대응 사격을 했고, 방금까지 전투기였던 늠름한 강철은 부질없는 쇳조각이 되어 지상으로 곤두박질쳤다.

"사격 개시!"

곧이어 뒤쪽에서 기관총과 박격포가 무자비한 굉음을 내며 탄을 들이부었다. 외계선도 표면의 가림막을 모두 걷어 내고는 레이저 같은 것을 쭉쭉 뿜어냈다. 개활지 중간에 홀로 솟아 있던 나무는 몸통 한

첫사랑의 침공

가운데가 뻥 뚫린 채 불길에 휩싸였다.

  - 누나, 누나! 안 들려?

  듣지 못하는 것은 내 쪽일지도 모르겠다. 어느덧
총알과 폭탄의 소리가 사라지고, 굵은 이명만이 귓
가에 가득했다. 무전기에 대고 계속 누나를 불렀지
만, 이제는 내 목소리마저 흐려지고 있었다. 나는 돌
을 한 번 꽉 쥐었다가, 풀숲으로 있는 힘껏 던져 버
렸다. 방탄모와 방탄조끼를 모두 벗고, 어깨에 메고
있던 소총과 통신 장비도 내려놓았다.

  외계선의 문이 열린다. 한껏 가벼워진 나는 힘차
게 바닥을 차며 앞으로 나아간다. 전투복 틈 사이로
시원한 바람이 스며들고, 6년 전과 똑같은 그 오묘
한 느낌이 가슴을 후벼 판다. 그 근처에서 붉은 액체
가 뿜어져 나오는 것을 보니, 감정이 마침내 몸통을
뚫고 나간 듯하다. 지금 당장이라도 들판에서 붕 떠
오를 것만 같다.

  외계선에 다가갈수록 나는 스무 살의 봄과 가까
워지고 있었다.

세상 모든

노랑

약속 시간보다 조금 빨리 도착한 영은 공원 벤치
에 앉았다. 걸어오는 내내 아직은 날이 쌀쌀하다고
생각했는데, 아침 햇살이 잔뜩 스민 벤치는 기분 좋
게 따스했다. 비어 있는 줄 알았던 옆자리에는 개나
리 한 송이가 먼저 앉아 볕을 쬐고 있었다. 영은 그
개나리를 집어 들어 손바닥에 올렸다. 봄 햇살이 길
러 낸 개나리는 선명한 갈색을 띠었다.

"봄이구나."

개나리를 조금 더 자세히 들여다보려던 찰나, 휘
익 불어온 봄바람이 개나리를 저 앞으로 날렸다. 영
은 개나리를 주우려 벤치에서 일어났다.

"영!"

멀리서 자신을 부르는 목소리에 고개를 돌렸다. 개
나리는 또다시 휘익, 봄바람에 실려 저만치 날아갔다.

세상 모든 노랑

"아 씨, 뭐야?"

진료를 마치고 나온 영의 머리에 무언가 날아와
붙었다. 영은 짜증 섞인 표정으로 그것을 떼어 냈다.
개나리였다.

"안 그래도 짜증 나 죽겠는데 지금 누굴 놀리
나…."

영은 개나리 꽃잎을 갈기갈기 찢어 땅에 내동댕
이쳤다. 그러고도 분이 풀리지 않았는지 발로 힘껏
짓이겼다.

검사 결과, 눈에는 특별한 이상이 없습니다. 스트
레스로 인한 일시적인 증상일 수 있어요. 스트레스
받지 마시고, 푹 주무시고요. 규칙적으로 운동하시
고, 술이랑 담배는 피하세요. 드실 약은 없고 인공
눈물만 처방해 드릴게요.

"아무런 이상이 없다고? 지가 그러고도 의사야?
참 나."

영은 노란색이 갈색으로 보이는 색각 이상 증상
을 가지고 있었다. 레몬은 흐리멍덩한 연갈색으로,
머스터드소스는 칙칙한 고동색으로 보이는 식이었
다. 영이 다섯 살 무렵이었을 때, 어린이집 선생님은

영의 부모님에게 걱정스러운 표정으로 그림 한 장을 보여 주었다. 거무튀튀한 암갈색 꽃잎을 두르고 있는 해바라기였다.

"영이 그린 그림이에요. 노란색으로 칠해야 한다고 몇 번을 말해 줘도…."

꽤 많은 돈을 들여 정밀 검사까지 했지만, 눈에서는 그 어떤 문제도 발견되지 않았다. 부모님은 문제가 없다면 다행이라고, 시력에 지장이 있는 것에 비하면 차라리 천운이라고 가슴을 쓸어내렸다. 수많은 색 중에 고작 노란색 하나만 제대로 보지 못할 뿐이었으니까.

하지만 영에게는 그렇게 넘길 만한 문제가 아니었다. 영은 그림 그리는 걸 좋아했고, 또래 사이에서 그림 실력이 꽤나 좋은 축에 속했다. 흰 종이와 크레파스만 있다면, 신이라도 된 것처럼 거침없이 자신만의 우주를 창조해 낼 수 있었다. 그런 영에게 '내가 볼 수 없는 색이 존재한다'는 사실은 혼란을 넘어선 충격이었다.

학년이 올라갈수록 색각 이상 증상은 미술 활동에 점점 더 큰 영향을 미쳤다. 더 높은 수준의 그림을 그리기 위해서는 모든 색을 잘 다뤄야만 했다. 노란색은 매번 발목을 잡았고, 영은 그럴 때마다 팔레트를 집어 던지고픈 충동을 억누르기 위해 안간힘을 써야 했다.

세상 모든 노랑

고등학생이 되어 입시 미술에 뛰어든 영은 회화 대신 시각 디자인 전공으로 관심을 돌리기 시작했다. 노란색 물감과 맞서는 일에 점점 지쳐 갈 때쯤, 디자인 프로그램이라는 구원자를 만나게 된 것이다. 종이 위에서는 노란색과 갈색을 구분할 수 없었지만, 모니터에서는 #fff000과 #1f1203이라는 색상값으로 구분할 수 있었다. 해바라기를 그려야 할 때면, 색상 피커에서 노란색을 가리키는 여섯 자리의 값만 입력하면 되었다. 물론 노란색을 흉내 내는 것에 불과했지만, 누구도 영의 해바라기가 틀렸다고 말할 수는 없었다.

결국 영은 화가라는 오랜 꿈을 접고, 디자이너가 되기로 결심했다. 그러면서도 영은 노란색에게 항복한 게 아니라고, 나의 적성이 디자인에 맞는 것뿐이라고 얼마나 되뇌었는지.

실기 시험의 벽 때문에 삼수까지 거치긴 했지만, 영은 다행히도 대입에 성공할 수 있었다. 2학년 때부터 대부분의 작업을 컴퓨터로 하게 되었고, 이제는 노란색이란 저주와 함께하는 생활에도 제법 익숙해졌나 싶었다. 하지만 모든 저주는 방심을 사랑한다. 그때야말로 신나게 골려 줄 수 있는 기회이니….

영이 졸업을 앞둔 해, 졸업 작품에 노란색 테마의 작품을 반드시 한 점 이상 포함해야 한다는 공지가 내려왔다. 우리가 팬데믹 시대를 지나면서도 잃지 않은 마음속 희망에 대한 예술적 표출이라나 뭐라나. 영은 아찔했다. 하필이면 노란색이라니. 삼수를 한 데다가 이미 2년이나 휴학을 했기에, 더 이상 졸업을 미룰 여유가 없었다. 노란색을 흉내 낼 수는 있었지만, 졸업 심사를 통과할 만큼의 작품을 만드는 것은 전혀 다른 문제였다. 만약 심사를 통과하지 못한다면 다음 학기 등록금은….

이런 상황에서 지푸라기라도 잡는 심정으로 방문했던 곳이 바로 방금 나온 안과였다.

"빌어먹을 노란색. 세상에 존재할 필요가 없는 쓰레기 같은 색깔! 누가 노란색이 희망이래? 노란색은 저주야!"

영은 안과 간판을 매서운 눈빛으로 흘겨보고는, 사거리 쪽을 향해 씩씩대며 걸어갔다.

"이번에 아이폰 옐로우 나온 거 봤어? 좀 구리던데?"
"내 말이. 퍼플이나 핑크를 뽑지. 웬 노랭이야, 유치하게."

노란색의 신 앞으로 인간 둘이 지나가며 대화를 나눴다.

"진정한 아름다움을 모르는 우매한 인간들…."

노란색의 신은 기어들어 가는 목소리로 중얼거렸

세상 모든 노랑

다. 올해의 색을 뽑는 컬루메오 1차 출품에서 최하점을 받고 기분 전환이라도 할 겸 인간 세상에 내려왔건만, 기분이 나아지기는커녕 더욱 우울해지고만 있었다.

네 녀석은 300만 년 연속으로 1차 출품 최하점을 면치 못했구나. 탓테로서 최소한의 재능도, 노력도 발견하기 어렵다. 이는 포이투아의 크나큰 수치다. 올해 최종 출품에서도 최하점을 받는다면, 그때는 포이투아 추방을 걱정해야 할 것이다. 썩 꺼지거라!

신의 세계인 포이투아에는 일흔일곱 단계의 계층이 존재했는데, 탓테는 그중 밑바닥을 가리키는 말이었다. 영겁의 세월 동안 얻은 것은 무한한 괄시뿐, 노란색의 신의 삶에는 한 줄기의 영광도 존재하지 않았다. 다른 신들에 비해 재능이 부족하다는 것은 스스로도 인정하는 바였다. 하지만 노력이 부족하다는 질책에는 정말이지 분통이 터졌다. 모자란 재능을 메꾸기 위해 매년 아등바등 애를 썼다. 다른 신들이 포도주를 홀짝이며 신의 권능을 누릴 때에도, 노란색의 신은 노란색의 정원에 처박혀 오직 새로운 색깔 창조에만 열을 올렸다.

"죽어라 해도 꼴찌인 걸, 나보고 어떻게 하라고…."

노란색의 신은 완전히 풀이 죽어 한숨을 내쉬었다. 인간들 틈에 섞여 있는 이 순간에도 한없이 쪼그라드는 것만 같았다.

영은 사거리 횡단보도 앞에 섰다. 방금 신호가 짙은 갈색에서 빨간색으로 바뀐 참이었다.

"아 씨, 신호까지 진짜… 어, 어?"

순간 영은 자신의 눈을 의심해야 했다. 길 건너에서 찬란한 노란빛의 머리칼이 바람에 흩날리고 있었다. 영이 태어나서 단 한 번도 보지 못한 색깔이었지만, 보자마자 그것이 노란색임을 알 수 있었다. 수백만 년 동안 마법의 솥에서 끓여 낸 물약에 폭 담갔다 빼낸 것처럼 신비로운 색이었다. 영은 자신도 모르게 그것을 향해 손을 뻗으며 횡단보도를 건너기 시작했다. 신호는 아직 빨간불이었다.

노란색의 신은 사거리를 지나고 있는 노란 오토바이 한 대를 발견했다. 노랑 31098호. 자신이 400년 전에 야심 차게 창조했던 색이었다.

"저 인간은 비교적 안목이 괜찮… 어? 어어?"

그때 노란색의 신의 눈에 무단횡단을 하고 있는 영이 보였다. 오토바이의 이동 경로를 보았을 때, 둘은 곧 충돌할 것이 뻔했다. 노란색의 신은 편의점 의자를 박차고 일어나 영에게 향했다. 인간보다 다섯

세상 모든 노랑

배쯤 빠르게 달릴 수 있는 탓테의 알량한 능력 — 최상위 신은 인간보다 1795배나 빨리 달릴 수 있다. — 을 발휘해, 순식간에 영의 손을 잡아 낚아챘다. 확 잡아당기는 힘이 얼마나 셌던지, 둘은 손을 맞잡은 채로 원을 그리며 돌았다.

노란색 오토바이, 노란색 점자 블록, 노란색 아이폰 광고, 노란색 카페 간판, 노란색 유치원 버스, 노란색 신호등, 노란색 손톱, 노란색 프리지어…. 영의 26년 인생 내내 꺼져 있던 노란색 스위치가 한순간에 '팟!' 하고 켜졌다. 세상의 모든 다른 색은 사라진 듯, 오직 노란색만이 저마다의 온도로 반짝이며 빙글빙글 돌았다. 노란색은 따뜻하고 부드럽고 시큼하고 향긋했다. 그 어떤 색도 내지 못했던 빛과 맛과 향기에 영은 정신이 아득해지고 눈이 멀 것만 같았다.

"어떻게…."

"네?"

"어떻게… 한 거예요?"

영이 노란색의 신을 보며 물었다.

당황한 노란색의 신은 황급히 영의 손을 놓았다. 그 순간 영의 세상에서 노란색이 사라졌다.

"어? 잠깐, 잠깐만요! 다시, 다시 노란색이 보이게 해 줄 수 있어요?"

"그게 무슨…."

영의 반응에 노란색의 신은 난처해졌다. 노란색이 보이게 해 달라니. 노란색의 신은 이것저것 시도해 보다가, 마침내 엉거주춤 영의 손을 잡아 보았다.

"와!"

영의 세상에 다시 노란색이 찾아왔다. 영은 한 손으로 입을 막았지만, 얼굴 전체에 피어오르는 웃음을 감출 수는 없었다. 노란색의 신은 그 모습을 보며 자신도 모르게 입꼬리를 씰룩였다.

"저기, 죄송한데… 어떻게 하신 거예요? 제가 원래 색각 이상이 있어서 노란색을 보지 못해요. 안과 수십 군데를 가도 치료하지 못했었는데, 그쪽 손을 잡을 때는 노란색이 보여요!"
"저도 이런 일은 처음이라서요. 아마도… 제가, 노란색의… 아니에요. 별로 대단한 것도 아니고, 믿지 못하실 거예요."
"말씀해 주세요! 듣고 싶어요."
"그게…."

노란색의 신은 몇 번 헛기침을 하더니, 머리를 긁적이며 이렇게 말했다.

"제가 사실, 노란색의 신…이에요."

노란색의 신의 얼굴이 붉게 달아올랐다.

세상 모든 노랑

"신이요? 그러니까, 제우스나 포세이돈처럼?"

"음…. 넓은 범주에서 보면 같은 신이라고 할 수는 있는데, 저는 탓테라서 그분들처럼 위대한 신은 아니에요. 탓테는 신 중에서도 가장 낮은…."

노란색의 신은 말을 하면서 영의 얼굴을 살폈다. 알 수 없는 표정이었다.

"믿기 어려우시겠죠. 괜찮아요, 어차피 요즘에는 신을 믿는 인간도 별로 없고…."

"아니에요, 믿어요! 신이셨군요…. 이런 저주는 역시 인간이 풀 수 없다고 생각했어요!"

"저주요?"

"네, 노란색의 저주요. 노란색을 볼 수 없는 저주. 신님께서 그 저주를 풀어 주신 거예요. 손을 잡았을 때뿐이었지만, 그래도 덕분에 처음으로 노란색을 봤어요. 고마워요, 정말."

노란색의 신은 이 낯선 상황을 어떻게 받아들여야 할지 몰랐다. 누군가에게 도움이 된 것도, 고맙다는 말을 들은 것도 언제인지 기억나지 않을 만큼 먼 과거의 일이었기 때문이다. 어쩌면 난생처음이었을지도 모른다.

"아! 벌써 시간이 이렇게 되었네요. 저는 가 봐야 해요."

노란색의 신은 하늘에 석양빛이 한 방울 퍼지는

것을 보았다. 오늘 밤에 잡힌 외벽 보수 노역에 지각을 한다면, 컬루메오 최종 출품을 해 보기도 전에 포이투아에서 추방될지도 모를 일이었다.

"저기! 혹시…."

영은 자신도 모르게 다급한 손길로 노란색의 신의 팔목을 잡았다. 반쯤 돌아섰던 노란색의 신이 영 쪽으로 몸을 돌렸다. 영은 노란색의 신과 정면으로 눈을 마주쳤다. 신의 눈동자 또한 머리칼처럼 찬란한 노랑으로 빛났다. 영의 귓가에 치이이익 도화선이 타들어 가는 소리가 울렸다. 노란색 스위치가 당긴 불이 어느새 눈에서 마음으로 옮겨붙은 것이었다.

"그, 저희… 다시 만날 수 있을까요? 다른 이유는 아니고요, 제가 노란색을 꼭 봐야 할 일이 있어서요."

영은 겸연쩍은 웃음을 지었다. 손은 여전히 노란색의 신의 팔목을 잡고 있었다.

"아, 네…. 좋아요."

노란색의 신은 자신을 빤히 바라보는 영의 눈빛에 저항할 틈도 없이 무너져 버렸다. 영에게 잡힌 팔목이 뜨거웠다. 신에게도 맥박이 있었다면, 그 부근에서 지진이라도 일어났을 것이다.

"고마워요! 근데… 어떻게 연락드리면 될까

세상 모든 노랑

요? 신이시니까, 휴대폰을 갖고 계실 것 같진 않고…."

"인간 시간으로 내일 2시, 여기로 올게요."

"좋아요, 2시!"

"그럼…."

노란색의 신은 머리칼을 휘날리며 차르르 사라졌다.

"예룬!"

"오르구나."

"빛의 신께 불려 가서 된통 깨졌다고 들었는데, 괜찮은 거야?"

노란색의 신을 발견하고 저 멀리서부터 뛰어온 주황색의 신이 거친 숨을 내쉬며 물었다.

"응, 괜찮지 뭐. 하루 이틀도 아니고, 탓테 주제에 별수 있나."

노란색의 신은 어깨를 으쓱 들어 올리며 가벼운 미소를 지어 보였다.

"잠깐만…. 뭐야, 너 세상에서 제일 무서워하는 게 추방이잖아. 추방 협박을 당한 자의 얼굴이 아닌데?"

"내 얼굴이 왜?"

노란색의 신이 자신의 얼굴을 만지며 되물었는데,

그 순간에도 입가에는 여전히 미소가 돌고 있었다.

"웃고 있잖아, 이런 상황에서! 난 또 네가 혼자 노란색의 정원에서 질질 짜고 있을 줄 알고 포도주까지 챙겨 왔는데…. 괜한 걱정을 했네, 이건 나혼자 마셔야겠어."

주황색의 신이 샐쭉한 얼굴로 포도주병을 흔들었다.

"오르, 있잖아. 나 진짜 신이 된 것 같아."
"무슨 소리야? 넌 원래 신이었어. 태어났을 때부터 지금까지. 혹시 너 벼락이라도 맞은 거야?"

주황색의 신은 포도주를 가방에 집어넣으며 걱정스러운 표정을 지었다.

"아니, 진짜로. 진짜 신이 된 것 같다고. 누군가에게 필요한 걸 줄 수 있는 진짜 신 말이야."
"누구한테? 뭘?"
"인간 세상에… 아! 맞다. 나중에 얘기해. 빨리 노역장에 가지 않으면 진짜로 벼락을 맞을지도 모르거든."

노란색의 신은 주황색의 신의 어깨를 두드리고는 광장 반대편으로 뛰어갔다. 주황색의 신은 실실 웃으면서 뛰어가는 노란색의 신을 바라보며 고개를 갸웃거렸다.

세상 모든 노랑

영은 집으로 돌아가는 길에 난생처음 프리지어 한 묶음을 샀다. 그 갈색 꽃에 코를 대고 눈을 감으니 노란색이 희미하게 떠올랐다. 영은 더욱 깊게 숨을 들이마셨다. 노란빛이 넓게 퍼지더니 서로 손을 잡고 오로라가 되었다. 숨을 들이쉬고 내쉴 때마다 그 오로라는 영의 가슴팍에 닿을락 말락 넘실댔다. 천 너머가 비치는 얇은 비단처럼 차르르, 차르르.

오로라 틈으로 누군가 손을 내밀었다. 영이 그 손을 잡자 바람이 훅 불어와 오로라를 커튼처럼 걷어 냈다. 그곳엔 노란색의 신이 서 있었다.

봄

"드세요. 여기서 제일 인기 있는 거예요. 사실 안 나오실까 봐 걱정했는데, 다행이에요."
"약속했잖아요. 근데 이게 뭐예요?"
"망고스무디라는 음료예요. 마시는 거."

영이 웃으며 잔을 밀어 주었다.

"어떤… 맛이 나나요?"
"사실 저도 마셔 본 적은 없어요. 샛노란색이라길래 거들떠보지도 않았었거든요."
"아, 노란색을 볼 수 없다고 하셨으니까. 음…. 혹시, 뭐, 인간 당신만 괜찮으시다면…."

노란색의 신은 주뼛주뼛 영을 향해 손을 내밀었다.

"신님께서도 괜찮으시다면⋯."

영은 고개를 꾸벅 숙인 뒤 조심스레 손을 뻗었다. 영의 검지가 노란색의 신의 손바닥에 닿았다. 찌릿한 느낌과 함께 갈변된 사과즙 같았던 망고스무디가 노란색으로 물들기 시작했다. 둘의 손바닥이 완전히 포개졌을 때, 망고스무디는 열대 기후의 생생한 노랑을 내뿜었다. 영이 싱긋 웃었고, 노란색의 신은 따라 웃었다.

"크으, 이런 맛이었네요."
"어떤데요?"
"신이 왜 이렇게 겁이 많아요? 자, 직접 마셔 봐요. 좋아할 거예요."

노란색의 신은 걱정스러운 얼굴로 잔을 집어 들었다. 좀처럼 내키지 않아 한참을 고민하다가, 혀만 살짝 찍었다 떼었다. 생전 처음 먹어 보는 인간 세상의 음식이었다. 역한 맛이 몰아칠까 봐 몸까지 한껏 웅크렸지만, 혀에 찾아든 것은 무한한 달콤함이었다.

"와."

자신도 모르게 감탄사가 튀어나왔다.

"어때요? 맛있죠?"

노란색의 신은 영의 물음에 대답도 하지 않고 망고스무디를 벌컥벌컥 들이켰다. 차디찬 스무디를

세상 모든 노랑

한 번에 다 마시고 나니 머리가 띵하고 식도가 얼얼해, 소리 없는 비명을 질렀다. 영은 그 모습을 보고 한바탕 웃었다.

"아, 저는 영이에요. 성은 구, 이름은 영. 계속 인간이라고 부르는 것도 불편하실 것 같아서."
"그렇군요. 영. 그렇게 부를게요."
"노란색의 신님은 이름이 어떻게 되세요?"
"저는 이름이 없어요. 포이투아에서는 예룬 탓테라고 불리지만, 인간의 말로는 그냥 노란색의 신이란 뜻이에요. 이름은 최상위 계층의 신들만 가질 수 있거든요. 저는 죽었다 깨어나도 그분들 자리에 오를 수 없고요."

노란색의 신은 텅 빈 유리컵을 만지작거리며 말했다.

"그럼 제가 이름을 하나 지어 드려도 될까요? 인간 세상에서는 이름을 가져도 괜찮잖아요."
"이름을요?"
"네! 음, 노란색의 신이시니까……. 랑 어때요? 노랑의 랑을 따서요."
"랑."

노란색의 신은 난생처음 가지게 된 이름을 발음해 보았다.

"어때요?"

"마음에 들어요, 영."

"마음에 든다니 다행이에요, 랑."

그렇게 노란색의 신은 영이라는 이름을 가진 한 인간에게 랑이라는 이름으로 불리게 되었다.

"그때 꼭 노란색을 봐야 할 일이 있다고 하셨는데."

랑의 말에 영은 가방에서 태블릿 PC를 꺼냈다.

"그게 뭐예요?"

"지금 이 순간 제 인생 최대의 고민이죠."

영은 졸업 작품 스케치를 열어 보였다.

"직접 그린 거예요?"

"네, 아직 한참 미완성이지만요."

"대단한데요? 이 정도면 그림의 신께서도 좋아하실 거예요!"

"말씀은 고맙지만, 색도 제대로 칠하지 못하는걸요. 이번 졸업 작품 주제가 노란색인데, 노란색이 보이질 않으니 도저히 어떻게 해야 할지 모르겠더라고요."

"제가 손을 잡으면 영을 도울 수 있는 거죠?"

"네, 물론이죠! 근데 그렇게 신세를 져도 될지…."

"돌아갈 때까지 시간이 좀 남았어요. 영이 색을 칠하는 동안 손을 잡고 있을게요. 영을 돕고 싶어요."

영 앞에서 노란색의 신은 자신의 존재 가치를 느

세상 모든 노랑

겼다. 그간 포이투아에서 겪은 괄시가 모두 씻겨 나갈 만큼 기쁜 일이었다.

"진짜 고마워요! 아, 제가 태어나서 처음으로 노란색을 칠하게 될 텐데, 겨우 카페에 갇혀서 할 순 없죠. 공원으로 나가요. 지금 빛이 너무 좋아요!"

공원으로 향하던 영은 한 미용실 앞에 멈춰 섰다.

"랑, 제가 어렸을 때부터 하고 싶은 게 있었어요."

영은 랑의 손을 잡고 미용실로 들어갔다.

"염색 좀 하려고요. 이쪽이랑 똑같은 색으로요."

영은 랑의 머리칼을 가리켰다.

"탈색 두세 번으로는 안 될 것 같은데, 괜찮으시겠어요?"
"네, 괜찮아요. 꼭 똑같은 색으로 해 주세요."
"노력해 볼게요. 이야, 근데 이쪽 머릿결은 왜 이렇게 좋아요? 무슨 샴푸 쓰는 거야? 우리 숍에도 좀 들여놔야겠어. 이 정도 노란색이면 보통 개털이…. 아이고 나 좀 봐. 주책이야, 주책."

미용사의 말에 영과 랑은 소리 죽여 키득댔다.

"랑이랑 똑같진 않지만, 아주 샛노랗네요."

영은 엘리베이터 거울에 자신의 머리를 이리저리

비춰 보았다.

"노랑 9782호예요."

"모든 노란색에 숫자를 붙이는 거예요?"

"네, 색을 만들 때마다 하나씩."

"이렇게 예쁜 색에 숫자만 붙이는 건 좀 삭막한데
요? 랑을 그냥 노란색의 신이라고 부르는 거랑 마
찬가지잖아요. 노란색에도 이름을 지어 주는 게
어때요?"

"색에 이름을요?"

"네, 우리만 알 수 있게 이름을 붙여요. 제 머리색
은… 대웅동 예린헤어 노랑! 어때요?"

"좋아요. 그럼 제 머리색은요?"

랑은 그 이름이 제법 마음에 들었는지 신난 표정
으로 자신의 머리칼을 가리켰다.

"음, 그 머리색은 노랑 몇 호인데요?"

"노랑 1호예요. 제가 처음 만든 노란색."

"그럼… 첫 노랑은 어때요? 랑이 처음 만든 노란
색이고, 제가 인생에서 처음으로 본 노란색이니
까요."

"딱 마음에 들어요."

노랑머리를 한 둘이 손을 잡고 거리를 걸었다. 그
모습은 꼭 노란 튤립과 민들레가 걸어가는 것만 같
았다. 공원에 들어서자 이제 막 영글기 시작한 어린
나뭇잎들이 머리 위를 덮었다. 바람이 불어와 나뭇

세상 모든 노랑

잎들이 솨아아 흔들릴 때마다 그 틈 사이로 햇빛이 쏟아졌다. 빛을 받은 랑의 머리는 더욱더 찬란한 노란빛을 뿜었다.

"랑, 잠깐만요. 거기 좀 서 있어 주세요."

영은 랑을 나무 아래에 세워 두고는, 벤치로 가 태블릿 PC에 스케치를 하기 시작했다.

"뭐 하는 거예요?"
"잠시만 그렇게 서 있어 주세요. 랑의 모습을 그려 두려고요."

나무와 햇빛과 바람 속에서 둘의 봄은 조금씩 자라고 있었다.

"랑, 이제 머리색을 칠해야 해요. 손 좀 잡아 줄래요?"

랑의 손이 닿자 색상 피커 위로 노란색이 봄꽃처럼 돋아났다. 그동안 숱한 그림을 그려 왔지만, 노란색을 직접 보면서 칠하는 것은 처음이었다. 심장 박동이 빨라졌는지 조금 숨이 찼다. 영이 한참을 고민해서 고른 첫 번째 노란색은 #fff17c였다. 봄 햇살을 받아 더욱 환해진 랑의 머리칼이 될 색이었다. 영은 심호흡을 하고는 길고 여린 선 하나를 그었다. 흑백의 스케치 위로 노랑이 새겨졌다. 12색 크레파스를 처음 선물 받았던 날처럼, 영의 손끝은 심장을 달아

놓은 듯 쿵쿵 뛰었다. 영은 두 번째, 세 번째 선을 그었다. 색상값 하나하나를 미세하게 바꿔 가며 랑의 머리칼을 칠했다. 영이 마지막 선을 긋고 펜을 내려놓았을 때, 화면 위에 엉킨 노란색은 300여 가지에 달했다.

"어때요? 좀 이상한가?"

"아니요, 그림에 생명을 심어 놓은 것 같아요!"

"그래요? 다행이다. 그럼 이제 랑 차례예요."

"저는 이걸 어떻게 쓰는지 모르는데…."

"쉬워요. 자, 들어 보세요."

영은 랑에게 태블릿과 펫을 건넨 뒤, 랑의 손을 움켜잡고 선 긋는 법을 알려 주었다. 랑이 어느 정도 선을 그을 수 있게 되자, 영은 스르륵 손을 놓았다. 이제 막 부모님의 도움 없이 두발자전거를 타게 된 아이처럼 랑은 흔들흔들 그림을 그려 나갔다.

"어때요?"

랑은 자신이 태어나서 처음으로 그려 본 그림을 조심스럽게 내밀었다.

"와! 진짜 끔찍해요."

영이 깔깔 웃었다.

"그렇게 이상해요?"

랑이 난처한 표정으로 물었다.

세상 모든 노랑

"랑이 보는 저는 이렇게 생겼어요?"

"음…. 좀 다른 것 같긴 해요. 아니, 조금 많이?"

"그래도 그걸 안다니 다행이에요. 좋아요, 어쨌든 이건 랑이 그려 준 거잖아요. 끔찍하지만 최고예요."

영은 랑에게 인간 세상의 이야기를, 랑은 영에게 포이투아의 이야기를 들려주었다. 둘은 서로의 세상에 대해 알아 갈 때마다 한 걸음씩 가까워졌다. 두 생명체가 가까워진다는 것은 꽤나 간지럽고, 신비롭고, 향기로운 일이었다.

포이투아로 돌아온 랑은 양철 바구니를 들고 노란색의 정원에 들어섰다. 수백만 년의 세월 동안 랑이 만들어 온 노란색들이 저마다의 빛깔을 냈다. 정원을 거닐며 바구니 한가득 노란색 나뭇잎과 풀잎, 버섯과 열매, 흙과 보석을 담았다. 영에게 선물할 새로운 노란색을 만들 생각이었다. 손으로 입을 가려도 빛이 새어 나올 만큼 환한 영의 웃음과 꼭 닮은 노란색을.

정원 중앙 작업대에 선 랑은 바구니에 담은 재료들을 하늘 위로 뿌렸다. 재료들은 시간의 흐름에서 벗어난 듯 정지한 채로 공중에 걸렸다. 랑은 하나하나 섬세하게 재료를 배합하며 새로운 노란색을 짜 나갔다. 자신이 가진 모든 지식과 경험, 그리고 감각을 더해 빛을 겹겹이 쌓았다. 아주 먼 옛날, 첫 노랑을 만들었던 그날보다도 손끝이 더 찌릿찌릿했다.

"요즘 이상하단 말이야…. 저렇게 웃으면서 색을 짠 게 언제였더라."

이번에야말로 포도주를 한잔할 심산으로 찾아온 주황색의 신이 멀리서 그 모습을 보고는 뒤통수를 긁었다.

여름

뜨거운 볕에 세상이 무르익고 성기었던 나뭇잎 사이가 빼곡해질 무렵에 이르니, 랑과 영이 이름을 붙인 노란색은 다이어리를 가득 메울 만큼 두껍게 쌓였다. 서로는 서로에게 더욱 소중해졌고, 마음 깊은 곳까지 서로를 새기기 시작했다. 관계가 깊어진다는 것은 아름다운 일이지만, 그로부터 비롯되는 상처 또한 더 깊게 파일 수 있다는 위험을 동반하곤 한다.

"어제는 정말 미안해. 갑자기 빛의 신께서 찾으셨거든."

어제저녁, 영이 잠시 화장실에 간 사이 랑이 사라져 버렸다. 테이블 위에는 짤막한 메모가 적힌 쪽지

한 장이 놓여 있었다. [미안. 내일 봐. 2시].

데이트 도중에 급히 포이투아로 올라간 적이야 몇 번 있었지만, 이렇게 휙 쪽지만 남겨 두고 사라진 것은 이번이 처음이었다. 영이 할 수 있는 것이라곤 쪽지를 움켜쥐고 천장을 올려다보는 것뿐이었다. 랑에게는 휴대폰이 없었다. 무슨 일이냐고 당장 전화라도 걸 수 있다면 걱정이나마 덜 수 있을 텐데.

"아니야, 괜찮아. 높은 신께서 찾으신 거잖아. 그래도 걱정은 되니까, 다음에는 쪽지에 무슨 일인지쯤은 써 주면 좋겠어."
"꼭 그렇게. 정말 미안해."

랑이 잔뜩 미안한 표정으로 영의 손을 잡았다. 영은 피식 웃을 수밖에 없었다.

"알았어. 그럼 출발해 볼까? 기차 놓치겠다."

랑은 바다를 본 적이 없다고 했다. 영은 그 오랜 세월을 살아오면서도 바다를 한 번도 보지 못한 랑이 신기하기도 했고, 한편으로는 안쓰럽기도 했다.

"신이라고 뭐든 다 할 수 있는 건 아니구나. 랑도 바다를 보면 틀림없이 좋아할 거야."

노란 수영복을 입은 노랑머리 둘이 노란 튜브를 들고 모래사장을 가로질러 해변으로 향했다.

"느낌이 이상해! 난 못 들어갈 것 같아."

발가락에 파도가 닿자 랑이 펄쩍 뛰었다.

"랑, 물속은 포근할 거야. 내가 랑의 손을 절대로 놓지 않을게."

둘은 다시 발을 담갔다. 한 걸음씩 디뎌 나가면서 발목, 무릎, 허벅다리, 배꼽을 차근차근 적셨다. 바닷물이 가슴팍에 걸릴 만큼 깊이 들어간 순간, 튜브는 때가 되었다는 듯 둘의 몸을 두둥실 띄웠다.

"영, 내가 날고 있어!"
"응, 우린 날고 있는 거야."

영은 랑의 해맑은 얼굴을 바라보았다. 바닷물에 닿은 랑의 머리칼은 평소와 또 다른 노란빛을 냈다.

'바다를 나는 노랑'.

영은 그 노란색에 이름을 붙여 주었다.

파도가 몰아치면 몸이 붕 떠올랐다가 수욱 가라앉았다. 랑은 그게 재미있었는지 다음 파도가 언제 오나 목을 빼고 수평선을 응시했다. 목덜미에 맺힌 물방울이 여름 햇살에 반짝였다. 파도가 몸을 말아 올리며 행진을 시작하자, 랑이 신나서 물장구를 쳤다. 영의 얼굴에 튄 바닷물은 볼을 타고 흘러 입가에 닿았다. 쌉싸름한 소금 맛이 났다.

세상 모든 노랑

"랑, 있잖아. 내가 제일 좋아하는 색은 노란색이야."

물놀이를 끝내고 나란히 앉아, 바다를 바라보며 컵라면을 먹었다.

"평생 영을 괴롭혔는데도?"

랑은 어색한 젓가락질로 면을 건져 올리려 노력했다.

"얼마 전까지만 해도 정말 끔찍하게 싫었는데, 이제는 이해가 돼. 이렇게 날 기쁘게 하려고 20년도 넘게 나를 괴롭혔나 봐. 이야기 속에서 저주에 걸렸던 주인공들은 결국 나중에 그 누구보다도 행복해지잖아. 랑이 나에게 그런 행복을 선물해 준 거야. 고마워, 랑은 최고의 신이야."

"영, 그런 말을 해서는 안 돼. 그건 반역이야."

랑은 화들짝 놀라는 바람에 애써 잡아 올린 면을 전부 놓쳐 버렸다.

"그럼 조그맣게 말할게."

영은 모래알만큼이나 작은 목소리로 랑은 최고의 신이야, 하고 속삭였다. 랑은 붉어진 얼굴로 손사래를 쳤다.

"또 얼굴 빨개졌다! 랑, 노란색의 신 말고 빨간색의 신을 맡는 건 어때?"

영이 웃었다. 그 얼굴에서는 랑이 지금까지 만들

어 냈던 노랑을 모두 합친 것보다도 더 짙은 노랑이 새어 나왔다. 랑은 자신의 온 혈관에 영의 웃음이 스미는 것을 느꼈다. 최고의 신. 영에게만큼은 꼭 그런 존재가 되어 주고 싶었다.

"미안해, 영. 집까지 꼭 함께 가고 싶었는데."
"지금 꼭 가 봐야 하는 거지?"

기차역 앞에 선 둘이 두 걸음만큼 거리를 두고 이야기를 나눴다.

"응, 가서 확인해 봐야 할 것 같아."
"서울까지는 세 시간이나 걸리는데…. 그래도 어쩔 수 없는 거니까."
"영이 기차 타는 것까지만 보고 갈게."

승강장으로 향하는 둘은 손을 맞잡고 있었지만, 평소보다 느슨하게 얽힌 그 틈으로 서먹함이 아른거렸다.

"갈게. 랑도 조심히 가."
"응, 영도."

영은 좌석에 앉자마자 창밖을 바라보았다. 주변을 두리번거렸지만 랑은 보이지 않았다.

"그새 갔구나."

영은 눈을 감고 귀에 이어폰을 꽂았다. 몇 번이나 다음 곡 재생 버튼을 눌러도 축축 처지는 곡만 흘러

세상 모든 노랑

나왔다. 바짝 말라 버린 입가에는 바닷소금의 쌉싸름한 맛이 돌았다.

며칠 후, 카페에서 만난 둘은 여느 때처럼 망고스무디 네 잔을 시켰다.(랑의 몫이 세 잔이었다.) 랑의 손을 잡고 열심히 졸업 작품 작업을 하던 영은, 평소와 다르게 랑의 앞에 놓인 망고스무디가 그대로 남아 있는 것을 보았다.

"랑, 무슨 일 있어? 오늘은 하나도 안 마셨네?"

이제 와서 보니 랑의 낯빛 또한 평소보다는 거뭇한 빛을 내고 있었다.

"응, 별일 아니야."
"아닌 게 아니라, 무슨 일 있구만! 왜? 어떤 나쁜 신이 괴롭혔어?"

영은 펜을 내려놓고 랑에게 더 가까이 다가가 물었다.

"그게…. 별건 아닌데, 잘 안되고 있는 일이 하나 있어."
"무슨 일? 말해 봐."
"색깔을 담당하는 신들은 매년 컬루메오라는 대회를 치러. 총 두 번의 출품을 하는데, 그 결과를 토대로 얼마나 임무를 잘 수행하고 있는지 평가를 받는 거야."

랑의 낯빛은 이야기를 할수록 점점 더 어두워지고 있었다.

"아니, 거기서도 시험을 봐? 많이 어려워?"
"응. 난 거의 매년 최하위였어. 아무리 노력해도 잘 안돼. 특히 최종 출품작 점수는 남들의 절반에도 미치지 못해. 이제 곧 최종 출품 날짜가 다가오는데, 이번에도 꼴찌를 하면….."
"꼴찌를 하면?"
"포이투아에서 추방될지도 몰라. 자격 미달로."

랑은 땅이 꺼져라 한숨을 쉬었다.

"랑! 별일 아닌 게 아니잖아! 혹시 내가 도울 수 있는 일이 없을까? 나도 랑을 돕고 싶어. 랑이 내게 노란색을 보여 주는 것처럼."

영은 자꾸만 축 처지는 랑의 얼굴을 잡고, 똑바로 눈을 맞췄다.

"모르겠어. 인간 세상과는 전혀 상관이 없는 일이니까."
"최종 출품작으로는 뭘 내는 건데? 색을 만드는 거야?"
"그건 1차에 출품했어. 최종 출품일에 제출해야 하는 건 포이투아에서 가장 큰 행사인 볼룸 페수에 쓰일 입장로 장식이야. 각자 준비한 장식을 들고 가서 평가를 받는 거지."

세상 모든 노랑

"그래?"

순간 영의 눈이 크게 반짝였다.

"내일 만날 때 포이투아 역사상 가장 훌륭했던 장식과 랑이 만들었던 장식을 가져와서 보여 줄 수 있어?"
"장식을?"
"응, 내가 도와줄 수 있을 것 같아!"

다음 날, 랑은 돌로 된 작은 카드 뭉치를 들고 나타났다. 손바닥 위에 올려 두면 마치 홀로그램 같은 입체 형상을 보여 주는 신비로운 물건이었다.

"이게 지금까지 출품된 것 중에서 가장 높은 점수를 받았던 장식이야. 하얀색을 담당하는 회륜 탓테의 작품이었지. 그때 볼룸 폐수에 참석했던 날씨의 신께서 극찬을 하신 덕에, 탓테보다 두 단계 높은 뭇테로 특진을 하게 됐어."
"아름다워! 어떤 인간이 본다고 해도 아름답다고 할 만한 작품이야. 랑의 작품도 보여 줄래?"
"그게, 가져오긴 했는데…."

랑은 자신의 작품이 어떤 카드에 담겨 있는지 정확히 알고 있었지만, 선뜻 보여 주지 못했다.

"괜찮아, 랑. 이미 옛날 작품이잖아. 인간한테조차 보여 주지 못한다면, 앞으로 어떻게 멋진 작품을 만들 수 있겠어? 응?"

"알았어. 너무 실망하지는 말고."

랑이 손바닥에 카드를 올려놓자, 노란색으로 된 장식이 나타났다. 영은 실망하지 않기로 다짐했지만, 그 다짐을 지키기란 쉽지 않았다.

"어…."

영은 표정을 감춰 보기 위해 손으로 입을 가렸다.

"별로지?"

"아, 아니야. 별로까지는 아니야. 색은 훌륭해. 아까 그 흰색 못지않게 아름다워."

"그렇게 말해 주지 않아도 괜찮아."

"정말이야. 색은 좋아. 디자인에… 문제가 있기는 해. 조금, 조금 많이."

영은 태블릿 PC를 켜 그 장식의 형상을 그대로 따라 그렸다.

"랑, 올해는 꼴찌 할 일은 없을 거야. 나도 드디어 랑에게 도움을 줄 수 있겠어."

"어떻게…?"

"내가 이래 봬도 디자인 전공자야. 노란색을 좀 못 봐서 그렇지, 디자인 감각으로 꿀리진 않는다고. 옆에 와서 이 화면 좀 봐 봐."

랑이 주뼛거리자, 영은 랑의 손을 잡고 옆으로 확

세상 모든 노랑

끌어당겼다. 영은 순식간에 이런저런 스케치를 하면서, 랑이 컬루메오에 출품할 장식물의 콘셉트를 잡아 나갔다.

랑은 영이 건네준 스케치 네 장을 작업대 위에 펼쳤다. 펜으로 슥슥 그린 것을 인쇄한 초안이었지만, 그동안 자신이 만들었던 장식보다 수준이 훨씬 높다는 것을 느낄 수 있었다. 랑은 조금 전까지 열정적인 모습으로 스케치를 하던 영의 얼굴을 떠올렸다.

"영에게 부끄럽지 않은 신이 되어야 해."

머리를 질끈 묶은 랑이 장식 모형을 만들어 나가기 시작했다. 그동안 잔뜩 주눅 들어 있던 손놀림과는 확연히 달랐다. 영이 콕 집어 준 디테일을 놓치지 않기 위해 집중했고, 자신이 창조했던 최고의 노랑들로 한 땀 한 땀 색을 입혔다.

"랑, 이거 진짜 랑이 만든 거야?"
"영이 만들어 준 거나 마찬가지지. 아직 한참 멀었지만, 영에게 먼저 보여 주고 싶어서."
"랑은 절대 재능이 부족한 게 아니었어! 그동안 길을 찾지 못했던 것뿐이야. 정말 훌륭해. 이대로 완성한다면, 랑도 분명 높은 신들께 칭찬을 받을 수 있을 거야."

영은 랑이 만들어 온 모형을 이리저리 돌려 보면

서 흡족한 표정을 지었다.

"영은 어때? 졸업 작품 준비, 잘되고 있어?"

랑의 표정은 한껏 상기되어 있었다.

"응, 내 작품도 제법 잘되고 있어. 전부 랑 덕분이야."
"아니야, 내가 한 거라고는 손을 잡아 주는 것뿐이었는걸."
"그게 얼마나 큰 힘이었는데! 랑이 없었다면 절대 이만큼 완성하지 못했을 거야."
"그래? 나도 영의 작품을 보고 싶어."

랑이 태블릿 PC 쪽으로 얼굴을 들이밀었다.

"내 건 아직 비밀. 최종 완성이 됐을 때 짠, 하고 보여 주고 싶어."

영은 화면을 가리며 랑을 밀어냈다.

"이따 손잡아 줄 때도 내 그림은 보면 안 된다? 알았지?"
"나도 궁금한데. 난 영에게 보여 줬잖아."
"보여 달라고 안 했는데? 누가 보여 주래?"

영은 랑에게 혓바닥을 내밀어 보였다. 랑은 아쉬운 얼굴로 망고스무디 잔을 만지작거렸다.

"랑, 미안. 조금만 기다려 줘. 랑에게는 최고의 결과물을 보여 주고 싶어서 그래. 그 대신 완성되면

세상 모든 노랑

꼭 내 작품 보러 전시회에 와야 한다? 알았지? 랑을 위한 내 인생의 역작이 될 예정이거든.”

“나를 위한?”

삐죽거리던 랑의 입꼬리가 금세 부드러운 곡선을 그렸다. 영은 고개를 끄덕이고는 랑의 손을 잡았다.

“그럼 시작해 볼까? 우리 조금만 더 힘내자. 끝나면 아주 멀리 놀러 가는 거야. 어때?”
“좋아. 나도 영에게 부끄럽지 않게 꼭 멋진 장식을 완성해 볼게!”

가을

하늘을 가릴 만큼 빽빽했던 나뭇잎들이 하나둘 땅으로 떨어졌다. 랑은 컬루메오 출품 준비를 하면서 이런저런 노역에 투입되었고, 영은 졸업 작품 마무리 작업과 취업 준비를 병행해야 했다. 둘이 얼굴을 맞댈 수 있는 날은 가을을 맞이한 그 나뭇잎들처럼 차츰차츰 줄어들었다.

둘은 가끔씩 만나 망고스무디를 마시고 산책을 했다. 못 본 사이에 쌓인 이야기가 한가득인데, 이제 좀 입이 풀렸다 싶을 때마다 돌아서야 했다. 누가 더 바쁜지 따질 틈도 없이 서로가 바쁜 나날이었지만, 헤어짐이 더 서운한 것은 항상 영 쪽이었다. 영은 매번 랑에게 만날 수 있는 날짜를 물어야 했다. 휴대폰이 없는 랑이 포이투아로 올라가고 나면 다음 만남까지 영이 할 수 있는 일은 기다림뿐이었다.

"음, 11월 8일에는 가능할 것 같아."

"랑, 혹시 며칠만 더 당길 수는 없어?"

"곧 컬루메오 기간이 다가오고 있어. 그래도 11월 12일이면 끝나니까, 그때부터는 좀 더 자주 볼 수 있을 거야."

"나 졸업 전시 일정이 잡혔는데. 11월 3일부터 6일까지."

영은 테이블 위에 놓인 영수증을 잘게 찢으며 말했다.

"심사를 통과한 거야?"

"응, 통과했네."

"영, 축하해! 나는 영이 꼭 통과할 줄 알았어."

랑이 활짝 웃으며 박수를 쳤다. 하지만 영의 입꼬리는 좀처럼 올라가지 못했다.

"고마워, 전부 랑 덕분이야. 랑에게는 꼭 완성된 작품을 보여 주고 싶었는데…."

영은 방금 찢어 놓은 영수증 조각을 더 잘게 찢었다.

"이번 컬루메오는 나에게 정말 중요해. 영에게 부끄럽지 않을 만큼 훌륭하게 완성해야 하고."

세상 모든 노랑

"응…. 어쩔 수 없지. 랑도 바쁜 거니까."

"미안해. 시간이 되면 잠깐이라도 들러 볼게. 그림은 전시가 끝나고도 볼 수 있는 거지?"

영은 작게 고개를 끄덕였다. 그 표정에서는 한 방울의 노란색도 찾아 볼 수 없었다.

"선배, 안 가요? 아직 정리도 안 했네."

"아, 응. 가야지, 곧."

"누구 기다리는 사람이라도 있어요?"

"아니, 기다리는 사람은 무슨….'

"꼭 그래 보여서요. 어쨌든 고생 많았어요, 선배. 작품 진짜 좋았어요. 제목도 흥미롭고. 뒤풀이 한다는데, 올 거죠?"

"응, 정리만 하고 갈게. 먼저 가 있어."

영은 텅 빈 전시회장에 우두커니 서서 자신의 작품을 바라보았다. 랑의 손을 잡고 작업할 때는 인생의 걸작이 될 거라고 생각했는데, 지금 보니 꼭 먼지 구덩이 위를 잔뜩 구른 걸레때기를 걸어 놓은 것만 같았다. 영은 벽에 걸려 있던 작품을 부욱부욱 찢고는 비닐 봉투에 구겨 넣었다.

"무슨 기대를 한 거야, 진짜."

영은 사거리 건너편을 바라보았다. 혹시라도 랑이 와 있지 않을까 꼼꼼히 살폈지만, 어디에도 노란

머리칼은 보이지 않았다. 영은 후드를 뒤집어쓰고 고개를 숙였다. 랑에게 지금 당장 전화를 걸고 싶었다. 아니면 문자라도 쏟아 내고 싶었다. 얼마나 대단히 바쁘길래 전시회에 잠깐 들렀다 가지도 않았냐고. 그렇게 뭐라도 토해 내고 나면, 가슴팍에 꽉 찬 서운함이 조금이라도 줄어들 텐데. 하지만 랑은 그 흔한 말다툼조차 쉽게 할 수 없는 존재였다.

영은 하늘을 올려다보았다. 랑이 오늘따라 너무도 멀게만 느껴졌다. 결국엔 영원할 수 없는 사이라고, 언젠가 거품처럼 사라져 버려도 이상할 게 없는 관계라고 영은 생각했다. 언제 신호가 바뀌었는지, 거리에는 삥삥삥- 하는 소리가 울렸다. 영은 손에 든 비닐 봉투를 입구까지 쓰레기로 꽉 찬 쓰레기통에 욱여넣고는 길을 건넜다.

"출품 일정을 맞출 수 있을지 모르겠어."
"그러니까 말이야. 아직 반도 못 만든 것 같은데, 벌써 시간이 이렇게 됐네."

랑과 주황색의 신은 커다란 작업대를 가운데 두고 마주 앉아 푸념을 주고받았다.

"어, 맞다! 시간!"

랑은 다급하게 시간을 확인했다. 인간 세상의 시간으로 11월 6일 저녁 7시 47분. 영의 졸업 전시가 끝나고도 1시간 47분이나 지난 시간이었다.

세상 모든 노랑

"오르, 내가 잠시 인간 세상에 다녀올 일이 있거든? 급한 시찰이 있어서…. 진짜 미안한데, 나머지 정리 좀 혼자 해 줄 수 있을까? 내가 나중에 주황색의 정원을 싹 청소해 줄게. 신들께서 날 찾으시면 잠깐만 둘러대 줘. 정말 금방 갔다 올게. 인간 시간으로 30분, 아니 20분이면 충분해."

"무슨 일이길래 그래?"

"말하자면 길어. 금방 다녀올게, 응?"

"예룬."

주황색의 신이 진지한 얼굴로 랑을 불렀다.

"너, 인간에게 마음을 주고 있는 거지? 얼마 전부터 이상하다 생각했는데, 이제 확실해지네."

"……."

자리에서 막 일어서려던 랑이 멈칫했다.

"잘 들어. 신과 인간의 만남은 영원할 수 없어."

주황색의 신은 랑의 옷소매를 단단히 붙잡았다.

"오르, 미안. 나중에 얘기해."

랑은 그 손을 뿌리치고는 인간 세상을 향해 달려갔다. 주황색의 신은 고개를 저었다.

"미안해 영, 잠깐이라도 꼭 들르려고 했는데…."

랑은 텅 비어 버린 전시회장에서 노란 머리칼을

쥐어뜯었다. 영이 꼭 찾아오라고 일러 주었던 구역
의 벽면에는 노란 바탕의 작품 제목 카드만 덩그러
니 붙어 있을 뿐이었다.

시각 디자인과 구영, 〈최고의 신〉.

겨울

영은 밤 11시가 넘어서야 사무실 밖으로 나왔다.
다행이라 해야 할지, 어제보다는 이른 퇴근이었다.
취준생 시절 채용 합격 통보를 받았을 때는 뛸 듯이
기뻤는데, 지금은 어디 전봇대라도 들이받고 병원
에 입원하고픈 심정이었다.

졸업 작품 심사만 통과하면 모든 것이 잘될 줄 알
았다. 노란색을 보지 못한다는 저주도 이제는 진짜
이겨 낼 수 있을 것 같았다. 하지만 입사를 한 날부
터 졸업 작품 심사보다 더 가혹한 심사가 매일매일
열렸다. 심사에 통과하지 못할 때마다 질책이 쏟아
졌고, 부상으로는 야근이 주어졌다.

"영 씨, 여기 색이 틀어졌잖아."
"네? 죄송하지만 어디 말씀이실까요?"
"여기, 노란색 부분. 가이드 준 거랑 너무 달라. 신
경 좀 써 줘요."

세상 모든 노랑

"아, 네. 죄송합니다. 수정해서 내일 오전까지 전달 드릴게요."

"구 사원, 자꾸 이럴 거예요? 똑같은 실수를 몇 번 하는 거야, 도대체."
"죄송합니다, 죄송합니다. 빨리 수정하도록 하겠습니다."
"아무리 신입이라도 디자이너가 말이야, 색을 보는 기본 감각은 있어야지. 내 말이 틀려요?"
"죄송합니다. 금방 다시 뽑아 볼게요."

설상가상으로 입사 사흘 만에 영의 사수가 돌연 퇴직하기까지 했다. 송 차장은 '인원 충원이 될 때까지만'이라는 말로 포장된 각종 업무를 영의 팔다리에 주렁주렁 매달아 주었다.

"영 씨, 도대체 왜 그러는 거야? 응? 이유나 좀 알자."
"죄송합니다…."
"내가 영 씨 믿고 그냥 보내라고 한 거였잖아. 급한 건이기도 했고. 근데 일 처리를 이딴 식으로 하면 어떡해? 그쪽도 영 씨 믿고 바로 인쇄 들어갔다가, 색 다 틀어져서 난리 났어. 비용 날아가고, 일정도 못 맞추게 됐고. 비용 처리는 전부 우리 회사에서 하게 생겼어. 일은 영 씨가 벌이고, 책임은 회사에서 지네? 아무리 급한 건이라도 확실하게 처리해야 할 거 아니야. 그렇게 서 있지만 말고 말 좀 해 봐, 구 사원. 답답해 아주. 내가 어떻게 해야 할까? 아직도 대학생이야, 응? 옆에 앉혀 두고 하나씩 다 알려 줘야 해?"

송 차장보다 더 답답한 건 영 자신이었다. 잘하고 싶은데 잘하는 방법을 몰랐다. 하필이면 노란색을 써야 하는 작업은 또 왜 이리 많은 건지…. 그때 무언가 차가운 것이 얼굴에 닿았다. 하늘을 올려다보니 눈발이 날리고 있었다. 올해 첫눈이었다. 첫눈은 꼭 랑이랑 맞으면 좋겠다고 생각했는데, 캘린더 앱을 열어 보니 랑을 만나려면 아직 나흘이나 더 기다려야 했다.

"어? 첫눈이다, 첫눈!"
"어, 진짜네! 예쁘다. 오빠, 옆으로 붙어 봐. 우리 사진 찍자."

한 쌍의 연인이 눈송이 아래서 찰칵찰칵 사진을 찍었다. 길거리는 온통 어두운데, 둘의 주위만 불을 밝혀 놓은 것 같았다. 영도 카메라 앱을 열었다. 프레임 안에 홀로 놓인 자신의 모습이 퍽 처량해, 얼른 화면을 껐다. 랑을 만나는 날이 오기도 전에 이 눈은 흔적도 없이 사라져 버리겠지. 사진이라도 보고 싶은데, 영에게는 랑의 사진이 한 장도 없었다. 신은

세상 모든 노랑

인간의 카메라에 담기지 않았다. 영은 '즐겨 찾는 항목' 폴더로 들어가, 자신이 그린 랑의 그림을 열었다. 그림 속의 랑은 갈색 머리칼을 하고 있었다.

영의 뒤편에서도 찰칵찰칵, 꺄르륵 하는 소리가 들려왔다. 돌아보니 또 다른 연인이 서로의 사진을 찍어 주고 있었다. 혼자인 것보다 슬픈 건, 혼자가 아닌데도 혼자인 듯한 기분이 드는 것이라고 했다. 영은 다시 하늘을 올려다봤다. 랑은 지금 저기서 무얼 하고 있을까. 랑과의 거리가 짐작조차 되지 않았다. 랑을 안다는 사실이 처음으로 싫었다. 차라리 만나지 않았더라면. 평생 그래 왔던 것처럼 노란색을 모르고 살았더라면.

오늘 아침 출근길에 랑에게 줄 크리스마스 선물을 고민했었다. 신에게는 어떤 선물이 좋을까, 뭘 줘야 좋아할까. 이제는 그 모든 고민이 아무런 의미도 없는 일이 되어 버렸다. 언젠가 사라져 버릴 이 가벼운 눈송이처럼.

문득 그만두고 싶어졌다. 혼자서 하염없이 기다리는 일도, 그곳에선 무얼 하고 있을까 궁금해하는 일도, 손을 잡았을 때만 보이는 신기루 같은 노란색에 바보같이 기뻐하는 일도.

영은 크리스마스 선물 대신 랑에게 전할 말을 고민하기로 했다. 헤어질 때는 무슨 말을 해야 할까. 어떻게 말해야 돌아설 때 후회도 눈물도 남지 않을까. 눈발이 굵어졌다. 길을 걷던 사람들은 탄성을 지르며 공중에 손을 뻗었지만, 영은 털모자를 푹 눌러 쓰고 주머니 깊이 손을 찔러 넣었다.

2주 후 크리스마스 저녁, 영과 랑은 대웅동 사거리에서 만났다.

"영, 늦어서 미안해."

"아니야, 괜찮아. 요즘도 계속 바쁜 거야?"

"그럴 일이 생기게 됐어. 영도 아주 좋아할 소식이야."

"무슨 일이길래?"

"나 컬루메오 최종 출품에서 1위를 하게 됐어! 이번 볼룸 페수에 내 장식이 걸리게 될 거야. 나한테도 이런 날이 오다니, 전부 영 덕분이야!"

랑이 영을 덥석 끌어안았다. 영은 그대로 안겨 있을 뿐, 랑의 몸에 팔을 두르지 않았다.

"영, 이것 봐 봐. 진짜 내가 만든 거야."

랑이 신난 표정으로 입체 형상을 보여 주었다.

"그럼 그 준비를 하느라 더 바빠지는 거고?"

영은 입체 형상 대신 랑의 눈을 바라보며 말했다.

"응. 처음이다 보니 시간이 좀 더 걸릴 것 같아. 그래도 인간 시간으로 내년 봄쯤이면 끝날 거야."

"내년 봄…."

세상 모든 노랑

랑은 입체 형상에 온통 정신이 팔려, 영의 눈빛에 담긴 마음을 알아차리지 못했다.

둘은 말없이 거리를 걸었다.

"영은 요즘 어때? 회사라는 곳은?"

서먹한 분위기를 견디지 못한 랑이 말을 건넸다.

"답답해. 매일같이 실수하고, 매일같이 혼나."

"노란색을 보지 못해서 혼나는 거야?"

"항상 그런 건 아니지만, 요즘은 특히 더 그래. 새로운 프로젝트가 하나 들어왔는데, 하필이면 메인 컬러가 노란색이거든."

"영, 걱정하지 마. 내가 있잖아. 영이 노란색을 봐야 할 때는 내가 손을 잡아 줄게."

랑이 영의 손을 양손으로 감싸 쥐고는 보조개가 깊이 패는 미소를 지어 보였다.

"회사에서까지 어떻게 랑이 손을 잡아 주겠어."

영은 랑의 그런 얼굴을 애써 외면했다.

"내가 영의 회사에 가면 되지."

"회사에? 일하는 데 와서 손을 잡아 준다고?"

영이 발걸음을 멈추고 굳은 표정으로 랑에게 물었다.

"응. 졸업 작품을 준비할 때처럼."

"랑, 회사는 학교랑 달라. 회사에서 내가 랑의 손을 잡고 작업하는 걸 보면 사람들이 뭐라고 하겠어?"

"마음에 걸리면 내가 몰래 숨어서…."

"랑. 나 지금 장난칠 기분 아니야."

"장난 아닌…."

지이잉. 지이이잉. 영의 휴대폰 진동이 랑의 말을 잘랐다.

"잠깐만."

- 영 사원, 송 차장이야.

- 어…. 차장님, 안녕하세요.

- 어, 지금 좀 바빠? 아니 그 클라이언트한테 연락이 와서 말이야. 일정이 좀 바뀌었대. 이번 주까지는 다 마무리되어야 한다고 하네.

- 이번 주까지요?

- 어어, 그래. 그래서 말인데, 시안 주기로 한 거, 내일 오전까지 좀 해 줘야겠어.

- 네? 내일 오전이요?

- 응. 내일 오전이니까 다행히 시간은 좀 있어. 출근하면 바로 볼 수 있게 부탁할게. 나도 이런 말 하는 거 불편한데, 클라이언트 요구라서 이거 참.

세상 모든 노랑

수고 좀 해 줘. 메리 크리스마스.

- 아…. 네, 알겠습니다.

"영, 무슨 일이야?"

"미안한데 나 먼저 들어가 봐야 할 것 같아. 할 일이 좀 생겨서."

"오늘도 노란색을 봐야 하는 거야? 그럼 내가 같이 가서 도와줄게. 오늘은 시간이 좀 있어."

"아니, 오늘은 괜찮을 것 같아. 색 작업은 내일 하면 돼."

"그럼 내가 내일 회사로 가서 손을 잡아 주면 되겠다."

"랑…."

"사람이 없는 시간대를 이용하면…."

"랑! 그만해! 왜 자꾸 말도 안 되는 소리야?"

영이 언성을 높였다. 주변 행인들은 재밌는 구경거리가 생겼다는 표정으로 영과 랑 쪽을 힐끗힐끗 쳐다봤다.

"아니, 나는…."

랑의 목소리가 바닥을 기었다.

"어떻게 회사에 와서 손을 잡아 줘? 그래, 백번 양보해서 그렇게 한다고 쳐. 그럼 내가 필요로 할 때마다 나타나서 손을 잡아 줄 거야? 맨날?"

"응, 내가 시간이 될 때는 언제나…."

"거봐, 시간이 될 때만이잖아. 랑이 못 오는 날에는? 나는 랑이 와 주기만을 기다리면서 허공에 손을 내밀고 있어? 차라리, 옛날처럼 노란색을 보지 못했으면 더 좋았을지도 몰라. 쓸모없는, 뜬구름 같은 희망을 잡고 살아가는 느낌이야. 어차피 랑의 손을 잡아야만 노란색을 볼 수 있다면, 내가 스스로 노란색을 볼 수 없다는 사실은 변하지 않는 거잖아. 저주가 풀리는 건 영화에서나 일어나는 일이야. 이제야 깨달았어. 현실의 인간은 견뎌야 해. 견디고 살아가야 해. 그게 인간이야. 나 그냥 지금이라도 다시 노란색을 잊고 살래. 어떻게든 노란색 없이도 살아갈 수 있는 방법을 찾아볼래. 안 그래도 랑한테 곧 말하려고 했어. 이제 우리 그만 만나. 노란색은 내 삶에 어울리지 않아. 처음부터 맞지 않는 거였어."

"영, 미안해. 나는 영을 돕고 싶어서…."

"그렇게 도와주고 싶으면 내 눈을 고쳐 줘. 할 수 있어? 랑은 최고의 신이잖아. 매일매일 바빠서 인간 세상에 잠깐 들를 여유도 없는 대단한 신."

"그건 내 능력 밖이지만, 내가 다른 방법이라도…."

"아니, 됐어. 내가 알아서 해 볼게. 잘 가, 그동안…."

세상 모든 노랑

영은 마지막 말을 꺼내지 못하고 돌아섰다. 눈물이 뚝뚝 떨어지는 걸 랑이 볼까 봐 성큼성큼 걸어갔다.

"영!"

"따라오지 마! 필요 없어. 포이투아로 가!"

필요 없다는 말이 랑의 두 발을 꽁꽁 묶었다. 영은 저 멀리 사람들 틈에 섞여 사라졌다.

"꼴을 보니 오늘은 드디어 포도주를 마실 수 있을 것 같네. 자, 들어."

주황색의 신이 축 처져 있는 랑에게 잔을 건넸다.

"나도 인간에게 마음을 준 적이 있었어."

랑이 놀란 얼굴로 주황색의 신을 쳐다보았다.

"뭘 놀라? 너만 그런 줄 알았어?"

주황색의 신은 희미하게 웃으며 포도주를 들이 켰다.

"어떻게… 됐는데?"

"더 이상 함께할 수 없다는 걸 깨달은 인간이 내게 버럭 소리를 질렀어. 다시는 찾아오지 말라고. 네 얼굴을 보니 너도 같은 말을 들었겠네. 그때 내 표정이랑 똑같거든."

"그래서 넌 어떻게 했어?"

"인간이 말한 대로 다시는 찾아가지 않았어. 단

한 번도. 그때는 나도 꽤 상처를 받았거든. 지금 간다고 해도 늦었겠지. 이미 세상을 떠나고도 한참이 지났을 테니."

주황색의 신은 빈 잔에 포도주를 쪼르르 따랐다.

"나는 영에게 최고의 신이 되어 줄 수 있다고 생각했어. 영에게만큼은."

랑이 쥐고 있는 잔에 담긴 포도주 표면이 파르르 떨렸다.

"예룬, 인간에게 필요한 건 최고의 신이 아니야. 곁에 함께 있어 줄 존재가 필요한 거지. 최고의 신이라도 그 역할을 해 줄 수는 없어."
"난 아무런 쓸모도 없는 존재야. 여기 포이투아에서도, 영에게도…."

랑의 눈물이 포도주 위로 똑 하고 떨어졌다.

"예룬."

랑은 고개를 들지 못하고 몸 전체를 부들부들 떨었다.

"예룬, 예룬! 나 좀 봐 봐."

주황색의 신은 랑의 몸을 일으켰다.

"나는 아직도 후회해. 한 번 더, 한 번만 더 찾아가서 이야기를 나눌걸… 하고. 나는 그 인간에게 상

세상 모든 노랑

처와 후회로 남아 버린 거야. 넌 아직 늦지 않았어. 아직 그 인간에게 해 줄 수 있는 일이 있어. 네가 그 인간에게 상처와 후회로 남고 싶지 않다면 말이야."

"내가 해 줄 수 있는 일…?"

"마지막으로 그 인간에게 좋은 기억이 되어 줘. 나처럼 멍청하게 굴지 말고. 모든 이별이 아픔으로만 남는 건 아니야. 포근한 추억으로도 남을 수 있어. 그게 네가 그 인간에게 줄 수 있는 최고의 선물이야. 오래 망설이지 마. 인간의 시간은 네 생각보다 짧거든."

영은 횡단보도 앞에 섰다. 두개골이 쪼그라들 만큼 졸렸다. 지금 이 자리에 그대로 쓰러져 잠들고 싶었다. 해가 바뀌었지만 야근은 끊이질 않았다. 새벽 3시의 거리는 적막했고, 차도 위로는 차 대신 쌀쌀한 밤공기가 흘렀다. 영은 몸을 부르르 떨고는 외투의 지퍼를 턱 끝까지 잠갔다.

"뭐야, 괜히 기다렸잖아."

영이 인상을 찌푸렸다. 신호등은 뿌연 갈색으로 깜빡이고 있었다. 새벽 시간이라 점멸등으로 바뀐 것도 모르고, 몇 분이나 기다리고 있었던 것이다. 1분이라도 더 자고 싶었던 영은 구시렁대며 횡단보도로 발을 내디뎠다. 횡단보도의 흰색 줄이 꽈배기처럼 꼬이는 것만 같았다.

"아 씨…."

순간 빛줄기가 영의 눈을 찔렀다. 빛이 나는 방향으로 고개를 돌려 보니, 빛과 점점 가까워지는 느낌이 들었다. 둘 사이의 간격이 불과 몇 미터로 줄어든 뒤에야 영은 그 빛의 정체가 무엇인지 깨달았다. 아주 거대한 트럭이었다. 영은 소리도 내지 못하고 눈을 질끈 감았다. 그 순간에 떠오른 것은 노란 오로라 틈으로 손을 내밀고 있는 랑이었다.

"영, 괜찮아?"
"랑…? 여긴 어디야? 나… 죽은 거야?"
"죽을 뻔했지만 죽지는 않았어. 시간이 없어, 이걸 쓰고 따라와."

랑이 영에게 노란색 모자를 내밀었다. 생일 모자처럼 작은 고깔 모양이었다.

"이게 뭔…."
"빨리!"

랑은 다짜고짜 영의 머리에 모자를 올렸다. 턱끈도 없는데 고깔은 머리에 착 하고 붙었다.

"영, 잘 들어. 여긴 포이투아야. 내가 그렇게 말했던 신의 세계 말이야. 포이투아에 인간이 출입하는 것은 절대적으로 금지되어 있어. 만약 들킨다면 진짜로 죽게 될 거야. 그것도 아주 고통스럽게.

세상 모든 노랑

포이투아에 들어올 수 있는 인간은 죽은 인간들 뿐이야. 높은 계급의 신은 망자를 시종이나 잡부로 부리기도 하거든. 이 모자는 망자임을 표시하는 모자야."

"그럼 나 죽은 거 맞잖아?"

"아니야! 영이 죽었다고 해도 이 모자를 쓰고 포이투아에 올 일은 없어. 살아생전 아주 나쁜 일을 저지른 인간만 포이투아에서 노예로 일하게 되는 거야. 어쨌든, 영은 죽은 게 아니야! 이 모자를 봐, 노란색이지? 내가 맡은 일 중에는 이 모자를 만드는 일도 있어. 영이 죽은 사람처럼 보이게 위장한 것뿐이야."

랑은 영의 손을 잡고는 계단을 뛰어올랐다.

"예룬, 어딜 그리 바삐 가는 겐가?"

"아, 델로! 델로께 인사를 올립니다. 저, 저는 지금 새로운 망자를 인도하고 있는 참입니다."

"망자라. 예룬 탓테가 그런 일도 했던가?"

눈의 신이 랑과 영을 번갈아 훑어보았다.

"아, 예, 그 잠깐 디아이 탓테가 제게 부탁을 했습니다. 망자를 인도하는 탓테인데, 알고 계시지요? 급한 노역이 있다고 하길래… 망자의 모자를 만드는 게 제 일이기도 하고…."

"그래? 그럼 잘되었구나. 마침 요즘 눈의 신전에

일손이 부족하던 참인데, 나에게 인도하면 어떻겠나?"

"그, 그것은… 죄송합니다. 이 망자는 아주 추악하고 게으르고, 눈에 뵈는 게 없는 자입니다. 필시 델로께 해악을 끼칠 것입니다. 제가, 그, 일 잘하는 망자를 찾아서 올리도록 하겠습니다."

랑은 눈의 신에게 머리를 조아리고는 영의 손을 잡고 도망치듯 사라졌다.

"다 왔어!"

노란색의 정원 앞까지 단숨에 달려온 노란색의 신은 거친 숨을 몰아쉬며 말했다. 영도 숨이 거의 넘어가기 직전이었는데, 조금만 더 뛰었다가는 진짜 망자가 될 뻔했다. 한참 숨을 가다듬은 영이 랑에게 물었다.

"여긴 어디야?"

"내 모든 것이 담긴 곳. 들키기 전에 빨리 안으로 들어가자. 영이 머물 수 있는 시간은 길지 않아."

랑은 커다란 문을 열고 안쪽을 가리켰다.

"와!"

정원으로 들어서자마자 영의 얼굴에 환한 미소가 번졌다. 밤새 함박눈이 쌓인 날의 아침 첫 풍경처럼, 온 세상이 한 가지 색깔로 뒤덮여 있었다. 하얀색 대

세상 모든 노랑

신 노란색으로 가득한 세상은, 눈 덮인 세상보다 백 배, 천 배, 만 배는 더 눈부시게 아름다웠다. 영의 웃는 얼굴을 오랜만에 본 랑의 얼굴에도 그제서야 웃음이 일었다.

"영, 우리는 저기 끝까지 걸어갈 거야. 여기 있는 노란색을 하나도 빠짐없이 눈에 담아 가야 해."
"이걸 전부 다 랑이 만든 거야?"
"응. 영이 태어나기도 전부터. 그보다 훨씬 훨씬 오랜 시간 전부터."
"이건 무슨 색이야?"

영이 노란색 꽃 군락을 가리키며 물었다.

"노랑 1301호, 구삼동 꽃집 프리지어 한 묶음 노랑."
"그럼 저건?"

영이 반대편 나무에서 떨어지고 있는 나뭇잎들을 가리키며 물었다.

"노랑 29호, 책갈피로 만들면 딱 좋을 은행잎 노랑."
"랑은 전부 기억하고 있구나."

랑이 함께 이름을 붙였던 노란색을 짚어 줄 때마다, 영은 그때의 장면들이 생생하게 떠올랐다.

한 잔에 9900원이나 하는 망고스무디 노랑. 제주도에 놀러 갔을 때 그 가격에 놀라서 이건 망고가 아니라 금으로 만든 것 같다고 했었는데. 둘이 먹다 하나 죽어도 모를 슈크림 노랑. 반으로 가른 슈크림

빵을 한 쪽씩 나눠서 베어 물었을 때, 누가 먼저랄 것도 없이 어쩜 이렇게 맛있냐고 호들갑을 떨었었지. 폭신폭신 노랑. 스폰지밥 캐릭터 인형이 꽤나 신기한지 한참을 만지고 있는 랑에게 "하나 사 줄게."라고 했더니, 괜찮다고 하면서도 그 인형을 꼭 쥔 채 싱글벙글 웃었지.

그 기억 모두에는 랑의 손을 타고 전해지던 온기가 담겨 있었다. 랑이 보여 준 건 노란색이 아니었다. 새로운 세상이었다. 랑을 만나기 전에는 몰랐던 세상, 랑을 만난 순간 생겨났던 둘만의 세상. 그 세상에서 보낸 사계절은 단 한 순간도 같은 색이었던 적이 없었다. 매일, 매분, 매초가 저마다의 노랑으로 반짝였다.

둘은 어느덧 노란색의 정원에서 가장 높은 언덕 위에 섰다. 주변에는 둘의 키만큼 높이 솟은 해바라기가 끝도 없이 늘어서 있었다. 영과 랑은 서로의 얼굴을 지긋이 바라보았다. 너무도 익숙하고, 사랑해 마지않는 모습이었다.

"랑, 미안해. 그때 랑을 그렇게 보내는 게 아니었는데…. 내가 잠깐 이상해졌었나 봐. 랑에게 그런 말을 하다니, 제정신이 아니었어."
"아니야, 영. 미안한 건 나야. 영이 나를 진짜 필요로 할 때 곁에 있어 주지 못했어. 영은 나를 위해 언제나 기다려 줬는데, 나는 그런 영을 제대로 보지 못했어."

"내가 괜한 투정을 부린 거야. 랑이 나에게 얼마나 소중한 존재인데. 그 정도 기다리는 건, 정말 아무것도 아니었는데…."

"나는 평생 영을 기다리게만 했을 거야. 진작 알았어야 했어. 영과 함께 보내는 시간이 너무 좋아서 잠시 잊고 있었어."

"랑은 나에게 정말 많은 걸 줬는데, 나는 랑에게 아무것도 주지 못했어."

"영은 나에게 이름을 주고, 최고의 신이라고 불러 줬잖아. 영 덕분에 300만 년이나 꼴찌를 했던 컬루메오에서 1등을 하게 됐고, 포이투아에서 추방당하지 않게 됐어. 영이 내게는 구원의 신이야."

구원의 신이라는 말에 영이 피식 웃었다.

"별걸 다 갖다 붙여."

"이름을 잘 붙이는 건 영이잖아. 영에게 줄 게 있어."

랑은 작업대로 걸어가더니, 두툼한 책 한 권을 들고 왔다.

"이게 뭐야?"

"영 덕분에 이름을 가지게 된 노란색들."

영이 책을 펼쳤다. 페이지마다 각기 다른 노란색

으로 칠해진 동그라미가 그려져 있었고, 그 아래에는 둘이 함께 붙인 이름이 적혀 있었다.

"랑, 언제 이걸 다 만들었어? 그리고 이건 또⋯."

영은 색깔 이름 아래에 적힌 여섯 자리의 색상값을 가리켰다.

"내 손을 놓고 나면 노란색을 볼 수 없으니까, 이게 있으면 좀 더 나을까 해서. 영이 쓰는 기계에 넣으면 어떤 노란색인지 알 수 있는 거잖아? 그치?"

영은 랑이 새겨 놓은 색상값을 손끝으로 만져 보았다. #ffea00, #ffd200, #fff669⋯. 그 삐뚤삐뚤한 글씨에 눈시울이 붉어졌다.

"내가 뭐라고 이렇게까지 만들었어."
"말했잖아, 영은 내게 구원의 신이라고."

영이 랑을 와락 끌어안았다. 랑도 영의 몸에 팔을 두르고 몸을 밀착시켰다.

"랑은 최고의 신이야."
"영, 여기서는 더 조심히 얘기해야 해."
"다 들으라 그래. 상관없어."

둘은 한참을 그렇게 서 있었다. 바람이 불어올 때마다 해바라기가 좌에서 우로, 우에서 좌로 흔들렸다. 그 모습은 마치 노란색으로 된 바다에 파도가 이는 것 같았다.

세상 모든 노랑

"영, 이제 돌아가야 할 시간이야. 더는 위험해."

"우리 또… 만날 수는 없는 거겠지?"

"영의 기억 속에 우리가 이름을 붙였던 노랑으로 남을게. 영이 눈을 감으면 우리는 언제든 세상 모든 노랑으로 만날 수 있을 거야."

"랑, 고마워. 랑은 누가 뭐래도 나한테는 최고의 신이야. 랑을 처음 만났던 날부터, 나는 노란색이 보여서가 아니라 랑이 존재해서 좋았어."

"고마워. 영에게 부끄럽지 않게, 멋진 신으로 살아갈게. 영은 내가 만난 최고의 노랑이야."

"랑, 난 언제나…."

갑자기 랑의 모습이 멀어졌다. 하늘에서 석유가 쏟아진 듯 모든 것이 검은색으로 물들었다. 차르르 흩날리던 랑의 찬란한 노란빛 머리칼까지도. 영은 랑에게 다가가려고 발버둥 쳐 봤지만, 어둠 속으로 끊임없이 빨려 들어갈 뿐이었다.

"아…."

영이 눈을 떴다. 사방으로는 커튼이 쳐져 있고, 팔뚝에는 주삿바늘이 꽂혀 있었다. 커튼을 걷고 일어나려 하자, 팔다리가 뻐근하고 옷에 스치는 부위가 쓰라렸다.

"오, 일어나신 거예요?"

"누구…?"

커튼 틈으로 형광등 빛이 쏟아지는 바람에 영은 눈을 찡그렸다.

"어제 야근하고 나오는데 회사 앞 횡단보도에 쓰러져 계시더라고요. 정말 큰일 날 뻔했어요. 깜짝 놀라서 앰뷸런스 타고 같이 병원에 왔어요. 다행히 의사 선생님께서 그냥 놀라서 기절한 거라고, 타박상 몇 군데만 빼면 이상 없다고 말씀해 주셨어요. 어우, 그 트럭에 치이셨으면…."

"아, 수현 씨였군요."

눈에 초점이 잡히자 영은 상대의 얼굴을 알아볼 수 있었다. 인사 팀 직원 수현이었다.

"이제 기억나시는 거예요?"

영은 눈을 감았다. 노랑이 희미하게 퍼졌다. 숨을 깊게 들이마셨다. 한없이 넓은 노란색의 정원이, 노란 머리칼을 흩날리며 손을 흔드는 랑의 모습이 떠올랐다. 하늘 위로는 노란 오로라가 넘실넘실 펼쳐졌다.

"네…. 기억나요. 전부 다."

영이 눈을 뜨고 손을 내려다봤다. 그 위로 포개진 랑의 손은 없었지만, 랑이 선물해 준 노랑이 따스하게 번졌다.

•••• — ✳ —

세상 모든 노랑

"영!"

멀리서 웃는 얼굴로 수현이 뛰어온다. 영도 그 모습을 보며 웃는다.

"많이 기다렸어?"
"아니, 나도 방금 왔어. 아직 12시도 안 됐는걸."
"다행이다. 늦은 줄 알고 걱정했어. 배고프지? 우리 밥 먹으러 가자."
"응, 좋아. 오늘 옷 예쁘다. 잘 어울려."
"정말? 고마워. 봄이니까 기분 좀 내 봤는데, 영이 예쁘다고 해 주니까 더 좋다."

수현에게 제법 잘 어울리는 카디건이었다. 봄이니까 기분 낸 노랑. 영은 마음속으로 그런 이름을 붙여 주었다. 여전히 노란색을 보지 못하지만, 이 세상에 노란색이 존재한다는 걸 분명히 느낄 수 있다. 언제든 기억해 낼 수 있다. 세상 모든 노랑이 피어나는 봄이었다.

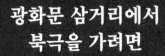

광화문 삼거리에서
북극을 가려면

외계선의 두꺼운 철제문에 손바닥을 대고 힘을 주었다. 기름기가 바짝 말랐는지, 문은 끼익하며 들썩였다. 후우-. 마지막으로 숨을 한 번 가다듬고는, 출입문을 그대로 쭈욱 밀었다.

"아, 씨…."

3일 만에 보는 햇빛이 눈을 따갑게 찔렀다. 눈을 비비자 눈물이 흘러나왔다. 뻑뻑한 눈가에 물기가 퍼질 수 있도록 몇 번이나 눈을 깜빡였다.

"저게 무슨…."

세종대왕과 이순신 장군 동상이 보였다. 하나는 거꾸로 뒤집혀 머리가 땅에 처박혀 있었고, 다른 하나는 상반신이 뎅강 잘려 있었다. 눈을 아무리 비비고 깜빡여 봐도, 그 모습은 더 선명해질 뿐이었다. 세상의 풍경은 마치 짓궂은 아이가 헤집어 놓은 레고

광화문 삼거리에서 북극을 가려면

마을 같았다. 건물, 자동차, 도로, 가로수…. 눈에 보이는 어떤 것도 온전한 모습으로 놓여 있지 않았다.

지구가 멸망했구나.

누가 가르쳐 주지 않아도 본능적으로 느낄 수 있었다. 설령 두 눈을 가렸다고 해도 똑같은 감각을 느꼈을 것이다. 멸망은 주변의 냄새와 소리에도, 날카롭게 불어오는 바람에도 잔뜩 스며 있었다. 지금 밟고 있는 흙을 한 움큼 집어삼킨다면, 거기서도 분명 멸망의 맛이 날 것이다.

저 앞에 광화문이 서 있다. 금방이라도 쓰러질 것처럼 위태로운 모습이다. 그곳을 향해 발걸음을 옮겼다. 지구의 공기가 끈적해지기라도 한 것처럼 아주 느릿느릿, 어쩌면 영원히 닿지 않기를 바라는 마음으로.

서현아, 저기 위에 봐 봐. 광, 화, 문. 광화문이라고 읽는 거야. 알겠지? 아빠가 지금은 서현이랑 같이 있어 줄 수가 없어. 우리 서현이가 열 살이 되면, 여기서 꼭 만나자. 우리 서현이 생일날에. 그때는 아빠가 서현이, 절대로 떠나지 않을게. 미안해, 서현아. 경찰 아저씨, 선생님들 말 잘 듣고 있어. 알았지? 사랑해, 서현아.

광, 화, 문. 나는 아슬아슬 매달려 있는 현판의 글자를 입안에서 굴렸다. 현판은 마지막 소명을 다했다는 듯 바닥으로 곤두박질쳤다. 가로 4m, 세로 1m에 이르는 거대한 나무 판이 달고나처럼 바스러졌다. 그날 아빠가 두고 간 목소리는 여전히 생생했지만, 어쩐 일인지 아빠의 얼굴은 떠오르질 않았다. 떠올리려고 애를 쓸수록 더 흐릿해져만 갔다.

"우리 아빠가 꼭 데리러 온다고 했거든! 나 열 살 되면!"

보육원으로 옮겨지던 날, 나는 주위로 몰려든 원생들에게 빽 소리를 질렀다. 나이가 찬 원생들은 안쓰러운 눈빛을 보냈고, 또래 녀석들은 재밌다는 듯 이죽거렸다. 보육 교사들은 "그래, 아버지가 서현이 꼭 데리러 오실 거야. 그때까지 친구들하고 잘 지내고 있어야겠지?" 하며 나를 달랬다. 그들은 나 또한 다른 아이들처럼 머지않아 현실을 받아들이고, 고아의 쓸쓸함이나 질겅질겅 씹으며 살아가리라 생각했겠지.

하지만 나는 아빠를 믿었다. 아빠는 날 사랑하니까, 나한테 거짓말을 할 리 없으니까. 나는 열 살이 될 때까지 다른 아이들과 말 한 마디 나누지 않았다. 넉살 좋은 녀석들이 옷소매를 잡고 놀러 나가자고 보채는 날에는, 흘겨보는 눈빛조차 주지 않고 화장실로 가 소매를 벅벅 씻었다. 내 몸에 고아의 냄새가 배는 것이 싫었다. 그렇게 4년을 보냈다. 놀러 가자고 손을 내미는 아이도, 인사를 건네는 아이조차도 더는 남지 않았다. 차라리 그편이 나았다. 곧 헤어질 녀석들과 구태여 정을 쌓을 필요는 없었다.

열 살이 되던 그날을 똑똑히 기억한다. 눈을 뜨자마자 광화문으로 갔다. 아침부터 깜깜한 밤이 될 때까지, 한자리에 가만히 서서 지나가는 사람들을 애타게 훑었다. 내가 알고 있는 숫자로는 다 세지 못할 만큼 많은 사람들이 지나갔지만, 그중에 아빠의 얼굴은 없었다. 나를 이상하게 여긴 시설 관리인이 경찰에 신고를 했고, 나는 울며불며 보육원으로 끌려왔다.

"서현아, 괜찮니? 아버지가 오시면 보육원으로 연락하실 거야. 앞으로는 밖에 힘들게 서 있지 말구, 응? 알았지?"

열한 살 생일에도, 열두 살 생일에도 광화문에 갔다. 열세 살, 열네 살 때도 마찬가지였다. 아빠가 약속을 착각한 거라고, 올해에는 꼭 나타날 거라고 믿으며 하루 종일 광화문 앞을 서성였다. 여섯 살 때부터 내 생일 소원은 하나뿐이었다. 아빠가 나를 데리러 오게 해 주세요. 그거 딱 하나였다. 하지만 세상은 단 한 번도 그 소원을 들어주지 않았다.

열다섯 살 생일날부터는 아르바이트로 번 돈을

모아 광화문 근처의 카페로 갔다. 오지랖 넓은 시설 관리인에게 붙잡히는 일은 더 이상 겪고 싶지 않았다. 나는 늘 당근케이크 두 조각과 커피 두 잔을 시켰다. 통유리창 너머로 돌담길을 거니는 사람들을 바라보다가, 아빠가 보이면 냉큼 달려가서 잡아 와야지. 그러고는 케이크와 커피를 오손도손 나눠 먹어야지.

"아빠, 나 이제 당근도 잘 먹는데."

당근을 잘 먹었다면 아빠가 나를 버리지 않았을까? 고작 그런 이유였다면 시원하게 원망이라도 해 볼 수 있을 텐데. 케이크에 초를 꽂는 것은 유난스럽다는 생각에, 조용히 눈을 감고 소원을 빌었다. 여섯 살 때부터 변하지 않은 그 소원은 열여섯 살 때도, 열아홉 살 때도 이루어지지 않았다. 그렇게 나는 스무 살이 되었고, 아빠가 짠 하고 나타나서 꺼내 주는 일 따위는 없이 제 발로 보육원을 떠나게 되었다.

3일 전, 스무 살 생일날에도 같은 카페에 앉아 같은 메뉴를 시켰다. 눈을 감고 똑같은 소원을 빌려다가, 이번에는 마음을 고쳐먹었다.

'지구가 멸망하게 해 주세요. 다 사라지게 해 주세요.'

난생처음 다른 소원을 빌었다. 기분이 이상했다. 포크로 케이크를 크게 갈라서 입안에 욱여넣었다.

광화문 삼거리에서 북극을 가려면

목이 막혀 커피를 호로록 들이켰다. 달콤하고 쓸쓸하고 뜨거운 것이 목구멍을 타고 넘어갔다.

위급 재난 문자

[국방부] 미확인 외계 비행 물체 다수 출몰. 국민 여러분은 공격에 대비하시어, 안전한 곳으로 대피해 주시기 바랍니다.

지독하게 외면당했던 생일 소원이 하필 그딴 식으로 이뤄질 줄이야.

이제 광화문은 없다. 아빠가 돌아온다 해도 만날 수 있는 곳이 사라져 버렸다. 결국 이렇게 될 줄 알았다. 지구가 멸망해 버렸다는 것만 빼면, 내가 생각한 그대로였다. 아빠가 돌아오지 않을 것이란 걸, 사실은 누구보다 잘 알고 있었다. 단지 믿고 싶지 않았을 뿐이었다.

'아빠는 죽는 순간에 내 얼굴을 떠올리기나 했을까?'

나는 현판이 떨어져 나간 광화문의 공허한 이마빡을 올려다보았다.

이 세상에 널 위한 사람이라고는 단 한 명도 없다니까.

그 자리에 꼭 그렇게 쓰여 있는 것만 같았다. 떠오를 듯했던 아빠의 얼굴이, 매캐한 공기 사이로 영영 흩어져 버렸다. 나는 망망대해의 외딴 돌섬. 아무도 찾지 않을 뾰족하고 못난 섬. 14년간 꾹 눌러두었던 설움이 요동쳤다. 곧 둑이 터져 사방으로 쏟아져 나올 것만 같았다.

"씨발!"

나는 욕지거리로 목구멍을 틀어막았다. 조금 어지럽고 열이 나, 널브러진 궁궐 담장 파편 위에 아무렇게나 털썩 주저앉았다. 머리를 주무르고 목을 좌우로 돌려 풀었다. 어지럼증이 나아진 것 같기도, 더 심해진 것 같기도 했다.

잘된 일이다. 지구인이나 지구 같은 건 애초부터 필요하지도 않았다. 어차피 나는 평생 혼자 살았을 텐데, 지구가 이런저런 사람들로 북적여 봤자 괜히 거추장스럽기만 했을 것이다. 나에게는 이런 꼴을 한 지구가 더 어울린다. 맘대로 어질러져 있고, 군데군데 부서지고 망가져 있고. 내가 살아가기에는 딱 좋은 행성이 됐다. 군중 속에서 혼자로 사는 것보다, 어쩔 수 없이 혼자가 되어 버린 쪽이 더 나았다. 내 탓이 아니라 지구가 멸망해 버린 탓을 하는 편이….

"아, 메로!"

순간 어지럼증이 걷히고 머리가 또렷해졌다. 나

는 가방에서 허겁지겁 맥북을 꺼냈다.

　- 은빛으로 반짝이는 물체를 찾아. 서현의 몸을
전부 덮을 만큼 커야 해.
이둘렛니는 그런 빛깔의 물체를 인식할 수 없거든.
그리고 이둘렛니의 비행선 내부로 들어가 숨어.
공격을 피할 수 있는 장소는 그곳뿐이야.

　새로운 메시지는 없었다. 3일 전 메로가 보낸 메
시지들이 그대로 남아 있을 뿐이었다. 나한테 살아
남는 방법을 알려 줬으니까, 아마 자신도 살아 있을
것이다. 바보처럼 혼자 죽어 버리진 않았겠지.

　- 메로, 외계인들이 갑자기 사라졌어. 주변에서는
아무런 소리도 들리지 않고.

　메시지를 보내 봤지만 5분이 지나도록 답장은 오
지 않았다. 남은 배터리 용량은 고작 2%뿐이었다.
나는 엄지손톱 옆의 살을 입으로 뜯으며 딱딱 소리
를 냈다.

　메로를 처음 알게 된 것은 작년 이맘때였다. 자립
할 때 쓰려고 모아 둔 돈을 조금 떼서 중고 노트북
을 사기로 했다. 대학이라도 가게 되면 하나 필요하
겠지 싶었다. 시세보다 절반은 저렴하게 올라온 매
물을 발견하고는 서둘러 판매자에게 메시지를 보냈

다. 가끔씩 이상한 에러 메시지가 뜬다는 것이 유일한 흠일 뿐, 기능이나 외관은 아주 멀쩡하다고 쓰여 있었다.

- 맥북 2017년형 매물 보고 연락드려요. 죄송하지만, 이상한 에러 메시지 창이라는 게 무엇인가요?

- 아, 그거요? 가끔씩 똑같은 메시지가 나오는 창이 하나 뜨는데, 잠깐 놔두면 사라져요. 무슨 말인지는 잘 모르겠어요. 외계어 같아서요.

아무렴, 저렴한 물건에 따르는 응당한 대가라고 생각했다. 내가 그 '이상한 메시지'를 받은 것은 맥북을 구매한 지 사흘째 되는 날이었다.

- 카뎀 48 행성   이요. 는나는 외계ㅖㅖㅖ종 족의. 지구 인 응답 은? 바라라 다다다.

"이게…… 뭐야?"

화면에 표시된 메시지를 이해하기 위해 모든 정신을 집중했다. 그 결과 '카뎀', '48', '행성', '나는', '외계', '종족', '지구인', '응답', '바라다'까지 총 아홉 개의 단어를 추릴 수 있었다.

"그니까 지가 외계인이라는 거야, 지금?"

이상한 메시지 창이 뭔가 했는데, 스스로를 외계

인이라 부르는 미친놈의 헛소리였다. 외계인이라니, 허무맹랑하기 짝이 없다. 이 세상에 외계인이 존재한다면 아빠는 진작에 돌아왔어야 한다. 그편이 더 현실적이었다. 외계인 같은 건 존재할 리 없다. 세상에서 제일 똑똑한 사람들이 필사적으로 찾으려 했지만, 여태껏 그림자 하나도 찾지 못했는걸. 그렇게 꽁꽁 숨어 있던 존재가 이리도 쉽게 나타날 리는 없다. 나처럼 아무것도 아닌 인간 앞에는 더더욱 더. 나는 메시지 창을 닫고 맥북을 덮은 뒤 책상 한쪽으로 밀어 놓았다. 그리고 침대에 누워 눈을 감았다.

눈을 감으면 보이는 깜깜한 풍경이 왜인지 우주처럼 느껴졌다. 시작도 끝도 정해져 있지 않은 광활한 우주에 홀렁 던져진 것만 같았다. 우주는 계속 팽창했고, 나는 점점 작아졌다. 만약에, 만약에 외계인이라는 게 존재한다면…. 나도 모르게 생각은 그쪽으로 뻗어 나갔다. 이렇게나 무한한 우주에 외계인 하나 존재하지 않는다는 게 오히려 이상한 이야기 아닐까? 똑똑한 척하는 사람들은 사실 대부분 멍청하니까, 그들이 아직까지 외계인을 발견해 내지 못한 건 그리 놀랄 일도 아니다.

지구 밖 어딘가에서 숨 쉬고 있는 생명체가 존재한다면, 그는 나를 어떻게 생각할까? 어쩌면 나를 궁금해할지도 모른다. 같이 밥을 먹거나 경복궁 안을 걷자고 말할지도 모른다. 나도 그에게는 외계인인 셈이니, 신기하고 흥미롭게 여길 수도 있겠지.

나는 벌떡 일어나 맥북을 다시 펼쳤다. 화면에는 아직도 그 메시지가 떠 있었다. 답장을 보냈다.

- 당신이 외계인이라고요?

믿어 보고 싶었다. 아빠가 돌아올 거라고 믿는 것처럼. 띠링-. 금방 상대의 메시지가 도착했다.

- 는나는 카뎀   외계 지구 가 너의 인인?

- 내가 지구인이냐고요?
당연하죠.
그쪽이야말로 진짜 외계인 맞아요?

메로와 처음 주고받은 대화였다. 그의 설명에 따르면 메로는 카뎀 48번이라는 행성에 살고 있는 카뎀 종족이었다. 지구와는 내가 상상도 할 수 없을 만큼 멀리 떨어져 있지만, '우연한 계기'로 이 맥북과 연결되었고, 지구인으로부터 답장을 받은 것은 5년 만에 처음이라고 했다. 당시 그의 한국어는 처참한 수준이었기에, 이 내용을 정확히 이해하는 데만 3주가 넘게 걸렸다.

통신은 활자로만 주고받을 수 있었다. 그림도, 소리도 없었다. 메로는 지구에 대한 학습 자료가 부족해서 '번역 터널'을 충분히 개선시킬 수 없다고 말했다. 나는 아직 그의 헛소리를 조금 더 들어 보고 싶었기에, 서점에 가서 종합 베스트셀러 1위부터 20위까지 스무 권을 쓸어 담았다. 한 권씩 일일이 타이핑해서 보내 주는 건 꽤나 고역이었지만, 어차피 나의 하루는 대체로 텅 비어 있었다. 공허함에 젖어 있는 것보다는 눈과 손목이 뻐근해질 만큼 타자를 두드리는 쪽이 차라리 나았다. 그의 번역 터널은 빠른 속도로 한국어를 흡수했고, 조금씩 원활한 의사소통이 가능해졌다.

- 카뎀 48번 행성은 지구에서 얼마나 멀어요?

- 지구거리단위로 표현불가능합다요. 서현 나 완전히다른은하에 포함거요. 그렇지만 같은시간대에 존재한다요. 시간은 거리보다 중요. 시간선이 지구 카뎀 48번 행성 연결하는고고요.

그의 헛소리는 제법 탄탄했다. 믿고 싶은 마음 때문에 그렇게 느껴질 뿐이라고 생각했는데, 어느 날부턴가 나도 모르게 그의 말을 믿고 있었다. 침대에 누워 있을 때나 거리를 걸을 때에도 문득 카뎀 48번 행성이 떠올랐다. 그곳은 어떻게 생겼을지, 메로는 무엇을 먹을지, 지금은 무슨 생각을 하고 있을지를 상상했다. 그런 내 모습을 자각할 때면 바보가 된 것 같은 기분이 들어 고개를 저었지만, 메로의 메시지가 도착하면 또 금방 빠져들곤 했다.

　메로는 지구의 모든 것을 궁금해했다. 내게는 너무 당연해서 단 한 번도 깊게 생각해 본 적 없는 것들에 대해 끊임없이 질문했다. 그런 그가 가장 궁금해하는 대상은 바로 나였다. 서현은 직접 만져 봤어? 서현은 어떤 감정을 느껴? 그건 서현이 좋아하는 거야?

　나는 어떻게 대답해야 할지 몰랐다. 태어나서 그만큼 많은 질문을 받아 본 것은 처음이었다. 내 머릿속에는 말들이 둥둥 떠다녔지만, 그걸 어떻게 엮어서 전달해야 할지 도무지 감이 오질 않았다. 내 언어는 메로의 궁금증을 채우기에는 턱없이 부족했다. 나는 몇 번이고 썼다 지웠다를 반복하며 메로의 질문에 가까스로 답을 했다. 때로는 내가 보내 놓고도 내가 이해할 수 없을 만큼 조악한 문장이었다. 하지만 메로는 단 한 번도 이해할 수 없다는 말을 하지 않았다. 그저 또 다른 질문을 할 뿐이었다. 이게 대화라는 건가? 한없이 이어지는데 하나도 지루하지 않은.

　- 가족이라는 건 뭐야? 서현에게도 가족이 있어?

　그런 질문이 날아올 때면 조금 난처하긴 했지만…

광화문 삼거리에서 북극을 가려면

- 그럼, 당연하지.

약간의 거짓을 섞으면 그만이었다. 나는 메로에게만큼은 멀쩡한 지구인이 되기로 했다. 다정한 부모님과 유쾌한 친구들이 있는, 이곳저곳 돌아다니며 멋진 풍경과 맛 좋은 음식을 마음껏 누리는 그런 지구인. 1인분의 사랑쯤은 충분히 받을 만한 자격이 있는 그런 지구인. 외계인 입장에서도 이렇게 초라한 지구인보다는 멀쩡한 지구인과 어울리는 편이 외교적으로나 사교적으로나 더 아름다운 그림일 테니까. 게다가 메로의 말 또한 전부 거짓일지도 모른다. 죄책감 따위는 가질 필요 없었다.

띠링-. 그때 맥북의 알람이 울렸다.

- 서현이구나!!!!!
죽지 않은 거지?

메로는 기분이 좋으면 느낌표를 다섯 개씩 붙이곤 했다.

- 안 죽었으니까 메시지를 보내고 있겠지.

- 내가 말한 대로 은빛으로 반짝이는 소재의 물체를 덮고 이둘렛니의 비행선에 숨어 있는 거지?

- 거기선 진작에 나왔어.
지금 이게 무슨 상황인지 하나도 모르겠어. 그들이 전부 사라진 것 같은데.

- 이둘렛니는 다른 행성으로 떠났어.
예상치 못했던 지구 바이러스가 퍼졌대. 이둘렛니는 하루 만에 지구에 온 개체들 중 절반을 잃었어.

- 그런 건 도대체 어떻게 알고 있는 거야?
은빛으로 반짝이는 이불을 덮으면 된다는 건 또 어떻게 알았고?
인터넷에 검색하면 다 나오는데 나만 모르는 거야?

- 지구의 인터넷이 아니야.
카뎀 통신망을 통해 정보를 수집하고 있어.
지구에 도착하면 자세히 설명해 줄게.

- 지구에? 네가? 그건 또 무슨 말이야.

- 난 지금 지구로 가고 있어.

- 지구로 오고 있다고?

- 응. 곧 지구로 진입하는 궤도에 오를 거야.

- 지금 장난칠 때 아니야. 진짜 어디야?

- 장난이 아닌데?
난 지구로 가고 있어.

- 너… 진짜로 우주에서 오고 있다고?

광화문 삼거리에서 북극을 가려면

- 응. 지구 여행을 더 이상 미룰 수 없었어.
언제 또 침공이 발생할지 모르니까.

- 너… 진짜로 외계인이야?

- 나는 카뎀이야. 서현도 잘 알고 있잖아.
물론 지구인 입장에서 '외계인'이란 표현이 틀린
것은 아니지.
하지만 이둘렛니와 같은 족속으로 엮이는 것 같
아서 기분이 나빠.

- 진짜 외계
아. 카뎀이고.
진짜로 지금 우주에서 오고 있다고?

- 응, 진짜로.
제대로 도착하려면 시간 좌표와 위치 좌표가 필
요해.
시간 좌표는 내가 구할 수 있어. 위치 좌표 전송을
부탁해.

- 광화문 삼거리…쯤인데.
좌푯값 같은 건 몰라.

- 그 정도면 충분해. 확인해 볼게.
좋아!!!!! 곧 도착하게 될 거야.
조금만 기다려 줘.

무어라 답장을 하려던 찰나, 맥북의 화면이 까맣

게 변했다. 자판을 두드리고 전원 버튼을 눌러 봐도 아무런 반응이 일어나지 않았다. 완전 방전이었다.

'지구로 오고 있다고? 아주 먼 우주에서부터?'

나는 시선을 하늘로 옮겼다. 대낮인데도 별 하나가 밝은 빛을 내고 있었다. 북극성은 밝은 하늘에서도 빛을 내는 걸까. 자세히 보니 그 빛은 점점 커지고 있었다. 아니, 가까워지고 있었다.

"저게… 뭐지?"

얼마 지나지 않아 빛은 형체를 드러냈다. 단순히 하늘에서 떨어지고 있는 것이 아니었다. 의도적으로 하강 비행을 하고 있었다. 지구의 비행기도, 이둘렛니의 비행선도 아니었다. 그 물체는 착륙할 때가 가까워지자 강한 역추진을 걸었다가, 지면에 다리를 내리고는 고양이처럼 사뿐하게 내려앉았다.

그건 꼭 쇳덩이로 만든 거대한 호박 같았다. 표면이 아주 뜨거운지 한참이나 김을 뿜어냈다. 곳곳에 출입문, 창문, 날개, 노즐 등이 아무런 규칙도 없이 붙어 있었는데, 이래 봬도 어엿한 비행선이라며 우기고 있는 듯한 모양새였다. 나는 땅에서 기다란 나뭇가지 하나를 집어 들고, 언제라도 상대방을 후릴 수 있도록 두 손으로 꽈악 쥐었다.

취이이이이이익-. 호박 모양 비행선은 마지막 김을 요란스럽게 뿜어내고는, 출입문을 서서히 들어

올렸다. 문은 비행선의 전반적인 꼬락서니와 어울리지 않게도 고급 스포츠카처럼 측면으로 비틀어지며 열렸다. 나는 나뭇가지를 더욱 세게 쥐었다.

"안녕, 서현!"

백번 양보해도 외계인이라고 부를 수밖에 없는 생명체가 걸어 나와, 손(이라고 생각되는 것)을 들어 흔들었다. 목소리는 어디서 나오는 건지 짐작할 수 없었다.

"오, 오지 마!"

나는 멀찍이 떨어져 나뭇가지를 휘둘렀다. 본능적인 반응이었다.

"서현, 나야. 메로! 메로-키잇카둔카뎀-4!"

그 생명체는 내 쪽으로 성큼 다가왔다.

"오지 말라고!"

내가 휘두른 나뭇가지는 그의 옆구리(라고 생각되는 부위)를 정확하게 때렸다. 나뭇가지는 힘없이 부러졌다. 나는 방향을 정하지도 않고 냅다 달리기 시작했다. 가능한 멀리 떨어지기 위해, 죽을힘을 다해서 달렸다. 방금 이순신 장군 동상의 상반신 옆을 스쳐 지나갔다. 그 생명체가 따라오는지 뒤를 돌아봤다. 보이지 않았다. 숨은 금방 턱 끝까지 차올랐고, 내 다리의 힘은 툭툭 풀리고 있었다. 조금만 더,

조금만….

"아!"

돌부리에 걸렸는지 몸 전체가 바닥에 철퍼덕 퍼졌다. 아프지는 않았다. 멈춰 버렸다는 게 무서웠을 뿐이었다. 고개를 들어 내가 달려온 방향을 바라보았다. 그의 모습은 역시 보이지 않았다. 빨리 다시 일어나서 달려야 한다. 가까스로 몸을 추슬러 첫발을 내딛는 그 순간, 나는 무언가에 턱 하고 부딪혔다.

"서현…."
"악!"

다리가 완전히 굳었다. 더는 도망칠 힘이 나질 않았다. 나는 그 자리에 스르륵 주저앉아 버렸다. 이 녀석도 지구를 침공했던 외계인과 한패일지도 모른다. 그들은 어떤 식으로 지구인을 죽였을까? 목을 잡아 뽑았을까, 아니면 산 채로 우걱우걱 씹어 먹었을까. 혹시 내게 선택권이 있다면 총 같은 걸로 끝내 줬으면 좋겠는데. 나는 손가락조차도 움직일 수 없었다.

"서현, 괜찮아?"

그의 목소리가 귀를 감았다. 귓구멍을 타고 들어오더니 손가락 끝까지 퍼졌다. 완전히 굳어 있던 손이 파르르 떨렸다. 그 목소리는 따뜻했다. 기분이 아니고 감각이었다. 손끝에 분명한 온기가 돌았다. 나는 처음으로 그의 눈(이라고 생각되는 것)을 바라보았다. 목소리가 거기서 나왔나 보다. 그의 눈빛도 목소리처럼 따뜻했다.

"진짜…야?"
"응, 나는 진짜야."
"네가 진짜, 그 메로야?"
"응. 나는 메로야."

처음 깨달았는데, 내 몸 어딘가에는 눈물이 주룩주룩 나오게 하는 버튼 하나가 달려 있었던 것 같다. 메로의 말이 그 버튼 한가운데를 정확히 찔렀다. 참아 볼 틈도 없이 눈물이 쏟아졌다. 입에서는 엉엉엉하고 추잡스러운 소리가 뭉텅이로 터져 나왔다.

모든 것이 진짜였다. 지구가 멸망했고, 광화문은 돌 조가리가 되어 버렸다. 아빠를 기다리는 동안 시켜 둘 당근케이크도, 목이 막히면 들이켤 커피도 사라졌다. 아빠는 내가 100살이 된다 해도 오지 않을 것이고, 나는 이제 얼굴도 기억나지 않는 그 사람을 그리워하고 원망하다가 또 그리워할 수밖에 없겠지.

돌고 돌아 결국 여섯 살의 광화문으로 돌아왔다. 아빠에게 버려지던 그날로부터 내 인생은 단 한 발자국도 나아가지 못했다. 지금 이 눈물을 여섯 살의 내가 흘리는 것인지, 스무 살의 내가 흘리는 것인지 알 수 없었다.

"서현."

갑자기 무언가가 몸을 감쌌다. 촉감은 낯설었지만, 은은한 시나몬 향이 나고 따뜻했다.

"나는 서현을 만나러 왔어."

메로가 나를 끌어안고 있었다. 그는 몸을 천천히 부풀렸다. 시나몬 향이 더 넓게 퍼졌다. 눈물 버튼의 차단기가 툭 하고 떨어졌다. 한없이 나올 것만 같던 눈물이 한순간에 멈췄다. 나는 살포시 눈을 감았다. 우주가 떠올랐다. 아주 깜깜하고 넓은 우주. 그 한구석에는 점만큼이나 작아진 내가 있었다. 우주는 점점 팽창했고, 나는 곧 소멸될 것 같았다. 그때 코끝에 시나몬 향이 스미면서 우주의 팽창이 멈췄다. 내 옆에 또 다른 점 하나가 생겼다. 우주가 두 점을 향해 점점 쪼그라들었다. 두 점을 삼켜 버릴 것처럼 아주아주 작아지고 있었다.

번뜩 눈이 떠졌다. 주변은 아직 밝았다. 내 몸은 미끄럽고 따뜻한 것에 감싸여 있었다. 나는 그것을 거칠게 밀치고는 두 발로 섰다.

"일어난 거야?"

메로가 나를 올려다보며 물었다. 깜빡 잠이 들었던 모양이다. 아무리 피곤했다고 해도 외간 외계인 품에 안겨 잠을 자다니. 미쳤지, 미쳤어.

광화문 삼거리에서 북극을 가려면

"얼마나 지났어?"

"2시간 12분. 초 단위까지 필요할까?"

나는 양쪽 관자놀이를 문질렀다. 아직 어지럼증이 남아 있었다.

"서현이 괜찮다면 부탁할 게 있어."

"부탁?"

"응, 커피를 마시고 싶어."

커피라는 단어가 그만큼 낯설게 느껴진 적은 처음이었다. 나는 내가 알고 있는 그 커피를 얘기한 게 맞냐고 손짓까지 해 가며 물었다. 메로는 그렇다고 답했다.

"넌 커피를 마셔 본 적도 없잖아."

"서현이 가장 좋아하는 음료잖아. 지구에 오면 가장 먼저 커피를 마셔 보고 싶었어."

무슨 외계인이 지구에 와서 첫 번째로 하고 싶은 게 커피를 마시는 거야? 그렇게 마시고 싶은 걸 2시간 12분이나 어떻게 참았대? 나는 메로의 얼굴을 멍하니 쳐다보다가, 가방을 주워 메고 터벅터벅 발걸음을 옮겼다.

"서현, 어디 가?"

"커피 마시고 싶다며."

나는 턱으로 카페 쪽을 가리켰다. 메로가 눈을 반짝이더니 내 뒤로 성큼 따라붙었다.

"들어와."

나는 유리 파편만 남은 출입문으로 들어가면서 메로에게 손짓을 했다.

"거기 앉아."
"여기가 어딘데?"
"커피 마시는 곳."
"여기가 서현이 친구들이랑 자주 왔다는 장소구나! 카페!"

나는 대꾸하지 않고 자리에 앉았다. 바닥에 낭자한 잔해 더미 속에서 그나마 멀쩡해 보이는 머그 컵 두 개를 찾아 테이블 위에 올렸다.

"서현, 커피는 어디 있어?"

메로가 주변을 바쁘게 두리번거리며 물었다.

"지구가 이 꼴이 됐는데, 커피가 있겠어? 그냥 마셨다고 쳐."

나는 손잡이에 오른손 검지와 중지를 걸고, 왼손으로 컵 바닥을 받쳐 들어 올렸다. 호오- 하고 잔 위를 불자 뽀얀 먼지가 일었다. 언뜻 보면 따뜻한 커피가 김을 내는 것 같았다. 진짜 커피가 담겨 있었으면…. 따뜻한 커피 한 잔이 간절한 순간이었다.

나는 메로의 잔을 가리키며 똑같이 해 보라고 말했다. 메로는 금방이라도 녹아내릴 것처럼 기운이

광화문 삼거리에서 북극을 가려면

쪽 빠진 표정을 하고 있었다. 그의 눈, 코, 입에는 어디 하나 지구인과 닮은 구석이 없었지만, 왜인지 표정만큼은 똑똑히 읽어 낼 수 있었다. 지금의 얼굴은 실망이라는 단어 그 자체였다.

"그렇게까지 아쉬워? 커피 맛도 모르면서."

나보다도 더 안타까워하는 모습이 퍽 우스웠다.

"서현도 마실 수 없으니까. 커피를 마셨으면 서현의 기분이 좀 나아졌을 텐데. 마실 때마다 기분이 좋다고 했잖아."
"뭐, 날 그렇게까지 생각해 줄 필요는 없는데…."

이 외계인은 도대체 무얼 하는 종족이지? 지구인보다 감수성이 다섯 배쯤은 예민한 건가? 방금 우습다고 생각한 게 미안해지게 말이야.

"서현의 가족과 친구들은?"

갑작스러운 질문에 사레가 들렸다. 한참 기침이 쏟아져 나왔다. 폐 속까지 따가운 느낌이었다. 당장 마실 물이 없어 기침을 가라앉히는 데 꽤나 시간이 걸렸다.

"아, 죽을 뻔했네. 너는 여기를 침공한 외계인들이 누군지도 알고 있으면서, 지구가 멸망했다는 건 아직 모르는 거야? 전부 다 죽었겠지."
"그래도, 내가 서현에게 방법을 알려 줬잖아."

"그치, 그래서 내가 이렇게 살아남은 거지."

"그 방법을 서현의 가족과 친구들에게는 알려 주지 않은 거야? 서현이 말하길, 가족과 친구는 자기 자신만큼이나 소중한 존재라고 했는데."

"아, 그게…. 그, 워낙 갑작스럽게 이렇게 오다 보니까…. 뭐, 그렇게 됐어."

목구멍이 따끔거리는 게 또 기침이 터져 나올 것 같았다.

"서현의 슬픔이 크겠다. 나도 슬퍼."

메로의 얼굴에 붉은빛이 돌았다. 카뎀 종족이 슬픔을 표현하는 방법인 건가?

"뭐, 아무래도… 그렇지. 너무 슬프니까 그 얘긴 그만하자."

나는 한때 돌담이 서 있던 쪽으로 시선을 돌렸다. 메로의 붉은 얼굴이 영 부담스러웠다.

"서현이 슬플 때 지구인 가족, 지구인 친구들이라면 어떤 말을 해 줬을까?"

메로는 내 쪽으로 목을 길게 뻗었다. 시나몬 향이 코를 간질였다.

"아니, 그 얘기는 그만하자니까? 왜 자꾸 그놈의 가족, 친구 타령이야?"

나는 참지 못하고 빽 소리를 질렀다. 보육원에 온

첫날, 원생들을 향해 쏟아 냈던 소리와 비슷한 파장이었다. 그 먼 행성에서부터 날아와서 한다는 짓이 고작 내 속을 쿡쿡 들쑤시는 것이라니. 짜증스럽다 못해 부아가 치밀어 올랐다. 찬물이라도 벌컥벌컥 들이켜고 싶은데, 눈앞에 놓인 건 먼지 쌓인 머그 컵뿐이었다. 나는 분을 이기지 못하고 머그 컵을 바닥으로 패대기쳤다.

"미안해, 서현."

메로의 얼굴은 어느덧 새빨간 색이 되어 있었다.

"그러니까 미안할 짓을 왜 하냐고."

저 정도 색깔이면 얼마나 슬픈 거지? 지가 먼저 들쑤셔 놓고 왜 지가 슬퍼하는 건데?

"나는 서현에게 가족이나 친구 같은 존재가 되고 싶었거든."
"네가 왜? 무슨 이유로?"
"서현이 나한테 그렇게 해 줬으니까."
"내가? 언제?"
"난 서현 덕분에 혼자가 아니라고 느꼈어. 태어나서 처음으로. 지구의 시간으로 환산하면 4829년 11개월 23일 5시간 6분 만에. 초 단위까지 말하지는 않을게."
"4000… 뭐? 다른 카뎀들도 있었을 거 아니야."
"카뎀은 새로운 행성과 함께 태어나. 그리고 그

행성에서 평생을 혼자 살아가지. 서현이 아니었다면 난 카뎀 48번 행성에서 아주 오랜 시간에 걸쳐 천천히 소멸해 갔을 거야."

"그럼 그 시간 동안 아무랑도 이야기를 나눠 본 적이 없다고?"

"응. 어떤 누구와도. 서현이 답장을 해 주기 전까지는."

나는 광화문 아래 덩그러니 버려졌던 그날부터 보내 온 지난 14년의 시간을 떠올렸다. 참으로 지독한 시간이었다. 가족이든 친구 사이든, 짝을 지어 길거리를 돌아다니는 사람들을 볼 때면 얼마나 부럽고 쓰라렸는지. 그런 감정이 몰아치는 날에는 보육원 안을 지나다니는 누군가의 손이라도 덥석 잡고 싶었다. 하지만 그럴 수 없었다. 고아 냄새가 배는 게 싫다고 밀쳐 낸 건 나였으니까. 주먹을 꼭 쥐고 주머니에 쑤셔 넣는 수밖에 없었다. 아무도 잡아 주지 않을 손을 허공에 내놓고 있다 보면 한여름에도 서리가 낀 것처럼 손이 아렸다. 그런 시간을 5000년 가까이 견뎌 냈다고? 메로, 너는 도대체….

"서현의 진짜 가족과 친구들만큼은 아니겠지만, 비슷하게라도 해 보고 싶어."

"그럴 필요 없어."

"하지만 서현이…."

"나도 없거든. 가족과 친구들."

광화문 삼거리에서 북극을 가려면

"서현이 말하길⋯."

"미안. 다 거짓말이었어."

"거짓말?"

"그래. 전부 다. 나는 아주아주 못난 지구인이거든. 가족한테 버려졌고, 친구를 사귀기는커녕 사람들과 제대로 어울려 본 적도 없어. 미안해. 그렇게 오랜 시간을 견딘 것치고는 영 한심한 지구인을 만나게 됐네. 메로가 긁은 복권, 순 꽝이야."

그쯤 되니까 오히려 뻔뻔한 마음이 들었다. 난 지구로 오라는 말을 입에 올린 적도 없었다. 평생 심심풀이 채팅이나 할 생각이었는데, 지가 연락 없이 불쑥 지구로 날아온 거잖아. 카뎀 48번 행성에서 얌전히 있었으면 이런 꼴은 보지 않았을 텐데.

"친구들과 멋진 곳에 놀러 갔다는 것도?"

"응."

나도 너에게 멀쩡한 지구인으로 기억될 수 있었을 텐데.

"에펠 탑 앞에서 찍었다는 가족사진도?"

"응."

너 때문에 이렇게 된 거야. 들춰내지 않았으면 계속 사실일 수 있었잖아.

"그렇구나⋯."

"미안."

하나도 안 미안해. 미안한 척하는 거야.

"다행이야."

"응?"

"내가 서현과 해 보고 싶었던 것들, 서현에게도 전부 처음인 거겠다. 이제 나도 서현에게 첫 번째 친구가 되어 줄 수 있어. 서현이 내게 그렇게 해 줬듯이."

누군가 내게 그런 말을 해 줄 거라 기대한 적은 없었다. 물론 바라지 않았던 건 아니다. 바랐지만 이뤄질 리 없다고 생각했다. 아빠를 만나게 해 달라는 소원이 단 한 번도 이뤄지지 않았던 것처럼, 그 바람도 평생 헛된 꿈으로 남을 줄 알았다. 하지만 지금 한 외계인이 내 앞에서 손을 내밀고 있다. 지구 밖 까마득히 먼 곳에서부터 날아온 낯선 존재가.

나는 그 손을 멀뚱히 바라봤다. 아빠가 손을 놓아 버린 이후로는 누군가의 손을 잡아 본 적 없었다. 손등 위로 포개야 하는 건지, 손바닥을 맞대야 하는 건지 결정할 수 없었다. 그저 떨리는 손을 천천히 뻗었다. 그때 메로가 내 손을 잡았다. 손등도 손바닥도 아닌 손날을 엉거주춤 휘감았다. 너에게도 누군가의 손을 잡아 보는 건 아주 낯선 일이겠구나.

"가자, 서현."

"어디를?"

"서현이 가고 싶은 곳으로."

광화문 삼거리에서 북극을 가려면

나는 고개를 끄덕였다. 우리는 손을 잡고 메로가 광화문 앞에 세워 둔 비행선을 향해 걸었다. 여섯 살에 멈춰 버렸던 내 시간이 드디어 움직이기 시작했다. 지구가 다 바스러지고 난 후에야 나는 혼자가 아니게 되었다.

"여기가 맞아?"

"그런 것 같긴 한데…."

"서현이 말하길, 에펠 탑은 굉장히 높고 아름다운 건축물이라고 했는데."

"그랬…겠지? 얼마 전까지는?"

에펠 탑 앞에 선 나는 현실을 받아들이기 위해 노력해야 했다. 에펠 탑은 밑동만 남아 있었는데, 그마저도 연약한 철사처럼 이리저리 구부러져 있었다. 지구가 멸망한 마당에 멀쩡한 모습으로 남아 있길 기대한 건 아니었지만, 적어도 이것보단 상태가 나을 줄 알았다. 메로는 말도 없이 비행선 쪽으로 향하더니, 손에 무언가를 들고 다시 나타났다.

"이게 뭔데?"

"한국말로 표현하면 수첩과 필기구."

자세히 들여다보니 그렇게 생긴 것 같기도 했다. 나는 그것들을 받아 들고는 메로의 얼굴을 쳐다보았다.

"서현이 그동안 가고 싶었던 곳을 전부 적어 줘.

한 군데씩 다 가 보자. 아주 기쁜 여행이 될 거야."

우리는 폐허가 된 지구를 누볐다. 여권도 출입국 심사도 없는, 비행깃값과 의사소통 걱정도 없는 자유 여행이었다.

"여기도 영….."

기둥 하나만 달랑 남은 판테온, 돌가루가 되다시피 한 모아이, 움푹 파인 피라미드, 얼굴 없는 리우데자네이루 예수상을 구경한 뒤 타지마할에 착륙했다.

"내가 교과서에서 봤던 모습은 이렇지 않았는데. 다음 교과서에는 온통 이런 모습들뿐이겠다. 아주 볼 만하겠어."

나는 메로의 어깨에 손을 올렸다. 그의 살결에 닿는 촉감이 이제는 제법 익숙하게 느껴졌다.

"새 교과서는 서현이 직접 만들어야겠다. 이 모습을 목격한 유일한 지구인이잖아."

메로도 내 손 위로 자신의 손을 포갰다.

"다음은 어디였더라?"

나는 가방을 열어 수첩을 찾았다.

"13번, 사하라 사막."

내가 수첩을 다 펼치기도 전에 메로가 대답했다.

광화문 삼거리에서 북극을 가려면

"정말이네? 메로는 기억력도 좋아."

수첩에는 우리가 적어 놓은 지구 여행 버킷 리스트가 적혀 있었다.

"서현이 보고 싶다는 곳, 전부 보여 주고 싶어."
"메로, 이거 좀 기분이 이상한데? 지구인이 카뎀한테 지구 여행 가이드를 받고 있는 것 같잖아."
"내 표현이 잘못된 걸까?"
"그냥, 그렇다는 거지. 든든해, 좋아."

한때 타지마할이었던 흰 대리석 더미 위로 큰 보름달이 떴다. 달은 이 지경이 된 지구를 보면서 어떤 생각을 하고 있을까? 다가가지 못하고 주변만 뱅뱅 돌 수밖에 없다는 게 속상하고 답답하겠지. 하지만 지구는 분명 기뻐하고 있을 것이다. 손바닥에 닿은 지면에서 그 기쁨을 느낄 수 있다. 달이 자신을 떠나지 않고 여전히 곁에 머물러 줘서, 걱정스러운 낯빛으로 빤히 바라봐 줘서. 혼자가 아니라는 건 말할 수 없이 기쁜 일이니까.

"정말 괜찮은 거야?"

메로가 하얀 얼굴로 물었다. 그건 무언가를 걱정할 때 나오는 얼굴색이었다.

"응, 걱정하지 마. 무려 지구 멸망을 겪었잖아. 피곤

해도 이상할 거 없어. 좀 쉬면 금방 나아질 거야."

저녁을 먹고 나서부터 내 상태가 나빠졌다. 계속 기침이 났고 온몸에서는 열이 올랐다.

"나 잠깐 눈 좀 붙일게. 마음 쓸 거 없어."

알았다고 대답하는 메로의 얼굴은 여전히 하얀색이었다.

얼마나 지났을까? 바깥이 어슴푸레 밝아 오는 걸 보니 이제 곧 아침이 되려나 보다. 옆에 누워 있어야 할 메로가 보이지 않았다. 나는 고개를 돌려 메로를 찾았다. 그는 비행선 구석에서 노트북 같은 기계를 삑삑 두드리고 있었다. 그 기계에서 뻗어 나온 전선은 어딘가로 이어져 있었는데, 그 끝을 찾다 보니 내 몸에 시선이 닿았다. 몸 곳곳에는 전극이 붙어 있었다. 뭘 하고 있는 거지? 메로의 손은 점점 빨라졌다. 버튼을 세차게 두드리나 싶더니, 갑자기 신경질적으로 기계를 닫아 버렸다. 메로가 화를 내는 모습을 본 건 처음이었다. 그는 내 쪽을 향해 스르륵 몸을 돌렸다. 나는 눈을 질끈 감고 자는 척을 했다.

메로는 카뎀어로 무어라 중얼거리며 내 몸에 붙은 전극을 하나씩 떼어 냈다. 열을 재려는 듯 내 이마에 손을 올렸다가, 곧이어 머리를 천천히 쓰다듬어 주었다.

광화문 삼거리에서 북극을 가려면

"아, 메로….."

나는 방금 잠에서 깬 것처럼 어눌하게 말을 뱉었다.

"서현, 일어난 거야?"

메로의 얼굴은 새하얬다. 제 딴에는 평소와 같은 아침 인사를 건네려 노력하는 듯했다.

"응, 잘 잤어?"
"어, 응. 나는 잘 잤어. 서현은?"
"응, 나도."

우리는 사하라 사막에서 하루를 더 보내기로 했다. 계획대로라면 다음 장소로 옮겼어야 했지만, 메로가 좀 더 쉬어야 한다고 극구 만류하는 탓에 일정을 조정하게 되었다.

메로는 저녁을 먹을 때까지 총 열일곱 번이나 내 컨디션에 대해 물었다. 나는 진짜 괜찮다고, 한 번만 더 물어보면 도망칠 거라고 답했다. 메로는 하얀 얼굴로 고개를 끄덕였다. 그는 전날 한숨도 자지 못했다더니 저녁 식사 후에 금방 잠이 들었다.

그렇게 걱정돼, 메로? 나는 조종석에 앉아 그의 얼굴을 내려다보았다. 나쁜 꿈을 꾸고 있는지 얼굴 근육에 바짝 힘이 들어가 있었다. 비행선 창밖으로 모래바람이 불었다. 달빛을 받은 모래 알갱이들이 반짝이며 흩날렸다. 나는 문득 저 모래 알갱이가 되고 싶어졌다. 이둘렛니가 100층짜리 빌딩도 100살을 넘긴 나무도 꺾어 놓았지만, 저 모래알만큼은 그대로였다. 아무 일도 없었다는 듯이.

모래는 계속 모래다. 모래알이 될 수 있다면 어떤 일이 생기더라도 지금처럼 메로와 함께할 수 있을 텐데. 메로가 이제는 카뎀어로 잠꼬대를 한다. 나는 그에게로 가 담요를 덮어 주었다. 푹 자, 메로. 내가 모래알이 되어 볼게. 그런 소원을 빌어 볼게. 지구 멸망을 비는 소원까지 들어줬으니, 그 정도쯤은 쉽게 들어줄지도 몰라. 그러니까 푹 자.

다음 날, 우리는 버킷 리스트 14번 장소인 샌프란시스코 금문교로 날아갔다. 메로는 여전히 걱정스러운 얼굴이었지만, 이번에는 나도 물러서지 않았다. 마지막 목적지인 39번 북극까지 꼭 같이 가 보고 싶었다.

금문교에 닿자 벌써 어둠이 내렸다. 우리는 금문교 한편에 나란히 누워 하늘을 바라보았다. 사정없는 폭격으로 다리의 대부분이 무너진 터라, 누울 자리를 찾는 데에는 조금 시간이 걸렸다.

"이렇게 추운 데 누워 있어도 정말 괜찮겠어?"
"응, 많이 나아졌어. 괜찮아. 메로! 저기 봐 봐, 별 진짜 많다!"

지구에서 모든 빛이 사라지고 나니 밤하늘에는

광화문 삼거리에서 북극을 가려면

별빛이 빼곡했다. 나는 별과의 거리를 가늠해 보았다. 고요한 금문교 아래로 파도가 절썩였다.

"메로, 나 궁금한 게 하나 있어."

"응, 무엇이야?"

"카뎀 48번 행성은 여기서 얼마나 멀어? 저 별들보다 멀어?"

"응, 훨씬 더 멀어. 우주에서 가장 빠른 비행선을 타고 평생 동안 날아간다 해도 닿지 못할 만큼."

"그럼 메로는 어떻게 지구에 온 건데?"

"서현에게 말한 적이 있어. 지구와 카뎀 48번 행성은 시간선으로 연결되어 있다고. 어느 날, 지구의 시간으로 환산하면 5년 9일 17시간 3분 전에, 지구에서는 시간선이 뻗어 나왔어. 그 선이 몇몇 행성들에 닿았지. 카뎀 48번 행성에도, 이둘렛니의 행성에도. 난 그 선을 타고 온 거야. 이둘렛니도 마찬가지일 테고. 시간선을 타면 아주 먼 거리도 초월할 수 있거든."

"그러면 메로는 시공간을 넘어서 날아온 거네? 이야."

나는 저 별들 너머에 있을 카뎀 48번 행성을 상상했다.

"나도 서현에게 궁금한 게 하나 있어."

메로가 내 쪽으로 돌아누우며 물었다.

"그래, 뭔데?"

"서현은 왜 내가 보낸 메시지에 답장을 했어? 외계 종족의 존재를 의심할 수도 있었을 텐데."

"메로는 별걸 다 궁금해하네. 호기심이 참 많은 외계인이야."

"서현, 외계인이라는 말보다는 카뎀이라…."

"믿고 싶었거든."

나는 별이 빼곡한 하늘을 가리켰다.

"이 지구에는 없더라도, 저렇게 크고 넓은 우주 어딘가에는 나를 좋아해 줄 존재가 하나쯤은 있을 거라고. 언젠가는 저 별들을 다 헤치고 나에게 날아와 줄 거라고. 지금 생각해 보면 그렇게 믿길 참 잘했어."

"그 메시지가 서현에게 닿아서 정말로 다행이야."

"나도 그 메시지를 보낸 존재가 메로라서 얼마나 다행인지 몰라. 적어도 나를 잡아먹진 않잖아."

나는 메로 쪽으로 돌아누우며 짓궂은 표정을 지었다.

"아직 안심하지 마."

메로는 날카로운 이빨이 다 보이도록 입을 크게 벌리고 이상한 소리를 냈다. 나는 어디 한번 먹어 보라며 그의 입에 주먹을 들이댔다.

"나 맛없는 건 안 먹는다고, 하지 마!"

광화문 삼거리에서 북극을 가려면

메로는 반대편으로 홱 몸을 돌렸다. 나는 주먹을 더 깊숙이 들이댔다. 차량도 불빛도 없는 금문교 위로 우리의 웃음소리가 마음껏 굴러다녔다.

"메로, 나는 이 폐허가 싫지 않아. 메로가 옆에 있어서인가 봐."
"다시 서현이 알던 지구로 돌아가고 싶지 않아?"
"이 지구도 이제 내가 아는 지구야. 광화문도 커피도 없는 세상이지만, 메로가 있으니 괜찮아."
"내가 있어서?"
"응, 메로가… 으읍!"

그 순간 기침이 쏟아져 나왔다. 한참 기침을 하고 난 후에는 몸이 바들바들 떨렸다. 뼛속까지 시린 느낌이었다.

"비행선으로 들어가자. 오늘은 안에서 자야겠어."

메로가 내 몸에 담요를 두르더니 나를 번쩍 들어 비행선 쪽으로 향했다. 비행선은 고작 30m쯤 떨어져 있었지만, 나는 그 거리마저도 버티지 못하고 정신을 잃었다.

다시 눈을 떴을 때는, 몸에서 영혼 한 꺼풀이 벗겨진 것만 같았다. 밖은 여전히 캄캄했다. 동이 틀 때까지는 아직 시간이 남았나 보다. 메로도 피곤했는지 비행선 바닥에 누워 곤히 자고 있었다. 나는 메로가 깨지 않게 아주 조용히 비행선을 빠져나갔다.

신선한 공기가 두피 구석구석에 스몄다. 지구의 모든 것이 무너져 내렸지만 공기만큼은 도리어 생기를 찾은 듯했다. 나는 콧구멍이 110V 콘센트 모양이 될 만큼 공기를 한껏 들이마셨다. 온몸에 상쾌함이 퍼지려는 찰나, 폐부를 찌르는 고통이 요란스럽게 텃세를 부렸다. 두 손으로 입을 틀어막아 봤지만 손가락 틈으로 케엑 케엑 기침이 쏟아졌다.

나는 내 몸에 이상이 생겼다는 걸 몇 주 전부터 느끼고 있었다. 처음에는 몸살인가 싶었지만, 온몸의 통증은 날이 갈수록 겪어 본 적 없는 낯선 고통으로 바뀌어 갔다. 일주일 전부터는 불쑥불쑥 찾아오는 증상에 몸을 가누기 어려워졌고, 그 빈도도 잦아졌다. 무엇보다 수심에 찬 메로의 새하얀 얼굴을 보면 이 병이 얼마나 심각한지 짐작할 수 있었다. 정말이지 메로를 보지 못한 사람은 모를 것이다. 메로가 얼마나 다양한 표정을 가졌는지를, 그리고 그 표정이 얼마나 솔직한지를.

조각난 아스팔트 도로에 앉아 엿가락처럼 휘어진 가드레일에 등을 기댔다. 금문교 한복판에는 메로의 비행선이, 그 안에는 곤히 잠든 메로가 덩그러니 놓여 있었다. 눈에서 눈물이 뚝뚝 떨어졌다. 이둘렛니가 침공했을 때, 메로에게 메시지를 보내지 말았어야 했다. 그저 다른 지구인들처럼 조용히 죽어 갔

광화문 삼거리에서 북극을 가려면

어야 했다. 그랬다면 메로가 지구까지 찾아오는 일도 없었을 테다. 메로는 홀로 남겨질 것이다. 차게 식어 가는 나를 끌어안고서 아주 슬픈 표정을 짓겠지.

'나는 최악이야. 전 우주적으로 최악이야.'

폐가 요동치며 케엑 케엑 기침이 터져 나왔지만, 그보다 다른 곳이 더 아팠다.

"아, 아아…"

눈물과 기침을 한바탕 쏟아 내고는 신음을 뱉었다. 샌프란시스코 방향인지 마린 방향인지 모를 곳에서 불어온 바람이 휙 스쳐 지나갔다. 아직 마르지 않은 눈물 자국이 서늘했다.

'메로를 보내 줘야 해, 더 늦기 전에.'

나는 퉁퉁 부어오른 눈으로 하늘을 올려다봤다. 별똥별 하나로는 마음이 놓이지 않아, 빼곡히 박힌 모든 별들에게 부탁했다.

"안전하게, 메로가 안전하게 돌아갈 수 있게 해 주세요. 꼭."

비행선으로 돌아와 잠시 눈을 붙였던 나는 깡- 깡- 금속끼리 부딪히는 소리에 깨어났다. 밖에서는 메로가 분주하게 움직이고 있었다. 손거울을 꺼내 머리를 정리했다. 큼- 큼- 목을 가다듬고 물을 한 모금 마셨다. 병이 더 퍼졌는지 식도마저 따끔거렸다.

머릿속으로 메로에게 건넬 말을 되뇌어 보았다. 심장이 쿵쿵대는 통에 좀처럼 집중할 수 없었다. 두근두근 뛰는 걸 느끼는 게 아니라, 심장의 샌드백이 되어 정신없이 두드려 맞는 느낌이었다.

후우우우우-. 나는 긴 숨을 내쉬며 명치부터 배꼽까지 손으로 쓱쓱 쓸어내렸다. 꼭 말해야 한다. 해야만 하는 말이다. 내가 메로를 아주 싫어했으면 좋겠다. 증오하고 혐오했으면 좋겠다. 그럼 이따위 말쯤은 아무렇게나 질러 버릴 수 있을 텐데.

떨리는 손으로 출입문 개폐 장치를 잡았다. 지금 당장 주저앉아 몇 밤이라도 흘려보내고 싶었지만, 나에게 남은 시간은 그리 길지 않았다. 더 이상 지체할 수 없다. 태어나서 해 본 말 중에 가장 힘든 말이 될 테지만, 꾸역꾸역 어떻게든 꺼내야 한다. 나는 개폐 장치를 당겨 출입문을 활짝 열었다.

"메로, 안녕. 잘 잤어? 뭐 해?"
"아, 응, 비행선 정비. 언제라도 떠날 수 있게 준비해 둬야지."
"어딜?"
"뭐, 그냥, 우리… 가기로 한 곳들 많잖아."

메로는 눈도 마주치지 않고 대충 둘러댔다. 무슨 생각을 그렇게 하는지, 바보처럼 허공에 대고 볼트를 조이고 있었다.

광화문 삼거리에서 북극을 가려면

"저기, 메로…. 나… 할 말이 있어."

좋아, 여기까지 성공이야. 이제 그대로 말하기만 하면 돼. 연습했던 것 그대로.

"응, 어떤 말?"

"그게…."

하지만 입이 떨어지질 않았다. 메로가 나를 빤히 쳐다보는 게 느껴졌다. 나는 시선을 발끝으로 떨궜다. 메로의 눈과 마주친다면 나는 입을 꾹 닫고 준비했던 말을 삼켜 버리고 말 것이다. 이건 메로를 위한 일이야. 메로를 위해서 꼭 해야 돼. 지금까지 충분히 행복했잖아. 평생 웃은 것보다 더 많이 웃었잖아. 이제 그만 보내 줘. 지구까지 날아온 메로에게 또 혼자뿐인 행성을 남겨 줘서는 안 돼.

"메로…."

미안해, 나 혼자 바보 같은 병에 걸려서 미안해.

"응?"

"지금 당장 카뎀 48번 행성으로 떠나 줘. 메로 혼자."

주먹을 꽉 쥐고, 눈을 감았다. 메로를 쳐다볼 용기가 나질 않았다. 깡- 까강-. 메로의 손에서 스패너가 떨어졌다.

"서현, 그게 무슨 말이야?"

"메로를 이 은하계에 홀로 남겨 두고 싶지 않아. 미안해. 정말 미안해. 메로를 만나서는 안 됐는데…."

"난 홀로 남겨지지 않을 거야. 서현이 있잖아. 그리고 지구에 온 건 내가 선택한 일이야. 미안해할 필요 없어."

"메로도 알잖아. 나에게 시간이 얼마 남지 않았다는 거. 더 이상 노력하지 않아도 돼. 이렇게 제대로 서 있을 수 있을 때, 메로에게 웃으며 손을 흔들어 주고 싶어."

"서현, 테티엄-0 바이러스에 감염되었다는 거… 알고 있었어?"

메로의 피부가 새하얗다 못해 투명해졌다.

"테티엄-0이 뭔진 모르겠지만, 메로 얼굴만 봐도 알 수 있어. 그게 날 죽일 거라는 걸. 얼굴색에서 너무 티 나잖아."

나는 쓴웃음을 지었다.

"지, 지금 당장 서현을 치료할 수는 없지만, 내가 쓸 수 있는 방법이 딱 하나 있어. 나도 서현에게 곧 말하려고 했는데, 이제 더는 미룰 수 없을 것 같아."

메로가 정비복을 벗어 던지며 다급한 목소리로 말했다.

광화문 삼거리에서 북극을 가려면

"난 모든 걸 되돌릴 거야."

"되돌린다니? 뭘?"

메로가 안 가겠다고 울며불며 떼를 쓰거나, 화를 낼지도 모르겠다는 생각은 했다. 그러면 어떻게든 타일러 볼 생각이었다. 하지만 이건 생각지 못한 반응이었다.

"지구와 카뎀 48번 행성을 잇고 있다는 시간선 얘기, 기억하지? 내가 타고 온 경로를 역방향으로 통과해서 시간 균열점에 도달할 수만 있다면, 우리는 시간을 되돌릴 수 있어. 성공 확률은 낮지만 그게 유일한 방법이야."

메로는 비행선을 가리켰다.

"실패하면? 실패하면 어떻게 되는데?"

"아마도… 우리는 소멸하게 될 거야."

"난 하지 않을 거야. 절대로."

나는 뒤로 한 발자국 물러섰다.

"서현…."

"오지 마, 메로. 당장 비행선을 타고 카뎀 행성으로 돌아가."

떼어 내야 했다. 메로의 목숨을 그런 무모한 도박에 맡길 수는 없었다. 지금 당장은 메로도 슬프겠지만, 무사히 돌아갈 수만 있다면 언젠가 또 다른 생명체를 만날 수 있을 것이다. 이렇게 쉽게 죽어 버릴 못난 지구인 말고, 메로와 더 오랜 시간을 함께할 수 있는 튼튼한 생명체를. 그때는 나 같은 건 까맣게 잊고 온 우주를 행복하게 누빌 수 있을 것이다.

"서현, 시간을 돌리면 살 수 있어. 죽지 않아도 된다고."

"아니, 나도 다른 지구인들처럼 죽을 운명이었던 거야. 나는 메로가 선물해 준 추억이 생긴 것으로 충분해. 이대로 헤어지고 싶어."

"난 서현과 헤어지려고 지구에 온 게 아니야!"

메로가 처음으로 소리를 질렀다. 순간 몸이 휘청할 만큼 강한 파동이었다.

"돌아갈 수 있는 방법은 처음부터 없었어. 이 비행선은 카뎀 48번 행성까지 되돌아갈 수 있을 만큼 튼튼하지 않거든. 그래도 중간에 있는 시간 균열점까지는 어떻게든 가 볼 수 있을 거야."

"돌아갈 수 없다는 걸 알면서도, 지구로 날아온 거야?"

"응."

그렇게 대답하는 메로의 눈에는 조금의 동요도 없었다.

"겨우 나 때문에?"

나는 다리에 힘이 풀려 비행선에 몸을 기대야만 했다.

광화문 삼거리에서 북극을 가려면

"겨우가 아니야. 서현은 이 우주를 통틀어서 내게 유일한 존재인걸."

나는 결국 두 다리가 무너지는 것을 막지 못하고 그대로 주저앉아 버렸다. 난 정말 아무것도 아닌데. 숱한 은하를 건너서 찾아와야 할 이유라고는 눈곱만큼도 없는데. 가족에게마저 버려진 하찮고 초라한 지구인 하나가 도대체 뭐라고.

"시간을 돌린다고 해도, 우리가 다시 만나지 못한다면 어떡해?"

나는 수많은 별을 헤치고 겨우 나 같은 것한테 날아와 준 메로를 잃는다는 게 무서웠다.

"죽지만 않으면, 어디에서든 살아만 있다면 우리는 다시 만날 수 있어. 기억을 잃어도, 서로 다른 은하에 존재한다고 해도. 내가 꼭 서현을 다시 찾아낼 거니까."

메로가 내 옆으로 다가와 앉았다. 그러고는 예전처럼 몸을 한껏 부풀려 내 온몸을 감싸 주었다.

"우리가 다시 만날 확률은 얼마나 돼?"
"0.00000000001%쯤."
"0.00000000001%?"
"어쩌면 그보다 더, 훨씬 더 적을 수도 있어. 하지만 지금의 우리도 결국 그런 확률을 뚫고 만난 거야. 0%가 아니란 사실이 중요해. 조금이라도, 정말 조금이라도 가능성이 있다면 모든 일은 일어날 수 있어."

메로는 몸을 더욱 부풀렸다.

"꼭… 다시 나를 찾아올 거야?"
"응, 꼭. 어떻게든. 모든 은하를 가로질러서라도."
"모든 은하를 가로질러서라도."

나는 고개를 끄덕였다. 공기 중에 퍼진 시나몬 향이 살갗에 내려앉았다.

메로는 비행선으로 가, 이런저런 장비를 꺼냈다. 그리고 무전기처럼 생긴 것에 길고 얇은 금속판을 붙였다.

"이건 좌표판이야. 시간 좌표와 위치 좌표를 입력하면, 그 시간 그 장소로 갈 수 있어. 우리가 목표하는 시공간은 내가 처음으로 지구에 메시지를 발송했던 날의 시간 균열점이야. 위치 좌표는 이미 알고 있고, 시간 좌표는 내 통신 장비에서 추출할 수 있어."

메로는 한참이나 그 통신 장비를 두드렸다. 열여섯 자리 좌표판의 앞쪽 네 자리에서는 푸른색 문자열이 깜빡였다. 하지만 나머지 열두 자리는 몇 번이고 붉은빛으로 깜빡일 뿐, 문자열이 좀처럼 채워지지 않았다.

광화문 삼거리에서 북극을 가려면

"메로, 잘 안돼?"

"아니, 괜찮아."

"거짓말. 메로의 표정에 전부 다 쓰여 있어."

나는 창백해진 메로의 얼굴을 두 손으로 감쌌다.

"좌표판이 제대로 작동하지 않아. 카뎀에서 떠날 때는 분명히 됐는데…."

메로가 숨을 고르고 다시 한번 값을 입력했다.

"값이 들어가지 않아! 지구에서는 정상적으로 작동하지 않는 것 같아. 이러면 시간을 되돌릴 수 없어."

메로의 창백한 얼굴에 새까만 절망이 퍼졌다.

긴 시간이 흐르는 동안 우리는 아무런 말도 하지 않았다. 메로는 몇 시간째 새까만 얼굴로 자판을 두드리고 있었다. 내가 할 수 있는 거라곤 메로의 어깨를 주물러 주는 것뿐이었다. 그놈의 시간 좌푯값이라는 건 왜 이렇게 복잡하게 구는 거야? 메시지 기록에서 그 값을 추출할 수 있다면, 금방 뿅 하고 되어야 하는 거 아니야? 도대체 뭐가 그렇게….

"메로! 메로! 잠깐만!"

그때 내 머리에 생각이 하나 스쳤다. 나는 요란스럽게 메로를 부르며 어깨를 두드렸다.

"통신은 발신과 수신으로 이뤄져 있잖아?"

"그렇지."

반쯤 액체가 된 것만 같은 메로가 힘없이 대답했다.

"메로가 찾으려는 건 2017년, 지구에 최초로 메시지를 보냈을 때 장비에 기록된 시간 좌푯값이고."
"맞아."

"메로의 통신 장비가 문제라면, 이걸 한번 열어 봐도 되지 않을까? 맥북의 예전 주인이 답장은 하지 않았더라도, 수신 데이터는 있을 것 같은데."

나는 가방에서 맥북을 꺼내 보였다.

"그럴 거야!"

순간 메로의 얼굴에 푸른빛이 일었다.

"이것 좀, 이것 좀 지금 켜 줄 수 있어?"

맥북을 받아 든 메로의 목소리는 흥분으로 떨렸다.

"근데 한 가지 문제가 있어. 배터리가 없거든. 카뎀 비행선에 전기 콘센트가 있을 리는 없고…. 메로, 혹시 지하 지형물도 스캔할 수 있어? 저번에 통조림을 찾으려고 전 세계를 스캔했던 것처럼."
"가능할 거야. 왜?"
"되도록 멀쩡한 지하 벙커 같은 걸 찾아 줘. 비상 발전기가 작동하는 곳이 있을지도 몰라."
"알겠어. 해 볼게!"

메로는 비행선의 모든 스위치를 올리고, 자신의

광화문 삼거리에서 북극을 가려면

양쪽 팔에 열 가지도 넘는 케이블을 꽂았다. 그는 이내 눈을 감고 온몸을 진동하기 시작했다.

메로가 다시 눈을 뜬 것은 해 질 녘이 다 되어서였다.

"시우다드 델 에스테."

"응? 메로, 카뎀어 말고 한국말로 해 줘."

"지명이야. 시우다드 델 에스테, 파라과이. 지하에 건물이 하나 있어. 손실률이 21%로 지금 이 지구상에서 가장 온전한 지하 시설이야."

손실률이 21%라던 시우다드 델 에스테의 지하 벙커는 예상보다 더 많이 파괴되어 있었다. 팔다리의 힘이 쭉 빠질 때까지 잔해를 치우고 나서야, 입구를 30cm쯤 개방할 수 있었다.

"아, 진짜 커피 당긴다. 당근케이크도."

안으로 들어가자 또 하나의 문이 나타났다. 커다란 원형 개폐 장치가 달린 철문이었다. 메로가 있는 힘껏 잡아당겼지만 꿈쩍도 하지 않았다.

"서현, 어떡하지?"

"메로, 나와 봐."

개폐 장치를 잡고 시계 방향으로 돌리자, 금세 철컥하고 잠금이 풀렸다.

"바보. 이런 건 딱 봐도 돌려서 여…."

문이 스르륵 열리더니 희미한 빛이 새어 나왔다. 우리는 누가 먼저랄 것도 없이 서로를 부둥켜안았다.

"여기! 콘센트!"

나는 가방에서 충전기를 꺼내 맥북에 연결했다. 아무런 반응이 없었다.

"……."

맥북의 검은 화면이 블랙홀처럼 희망을 빨아들였다.

"악!"

잠시 후 화면 위로 하얀 사과 마크가 떠올랐을 때, 나도 모르게 소리를 질렀다.

"메로! 됐어! 빨리!"

메로는 좌표판을 맥북에 부착하고는 시간 좌표를 찾았다. 나는 입술을 잘근잘근 씹으며 말없이 그 장면을 지켜봤다. 순간, 머리 위에서 깜빡이던 전등이 파밧- 소리를 내더니 빛을 잃었다.

"어? 메로! 더 빨리 할 수 있어? 전력이 부족한가 봐, 어떡해."
"거의 다 됐어. 조금만 더…."

광화문 삼거리에서 북극을 가려면

파밧-, 파밧-, 파밧-. 주변의 전등들도 하나둘 빛을 잃었다.

"조금만⋯."

퍽. 마침내 비상 발전기가 단말마의 비명을 뱉었다.

"메로!"

곧이어 맥북의 화면마저 꺼지면서 벙커는 어둠에 휩싸였다. 우리는 아무런 말도 뱉을 수 없었다.

티, 티딕, 티이이이익.

잠시 후 좌표판에 열두 자리의 시간 좌푯값이 새겨지더니 푸른빛으로 깜빡였다.

"서현, 됐어!"
"메로! 다행이야, 정⋯ 컥, 커억."

기침이 터져 나오기 시작했다. 하필 이런 타이밍에. 메로는 나를 들쳐 업고는 지하 벙커 밖으로 뛰쳐나갔다.

"메로, 나⋯."
"서현! 꼭⋯."

눈이 스르륵 감겼다.

"정신이 좀 들어?"

메로의 목소리였다. 나는 꿈을 꾸고 있다고 생각했다. 분명 눈을 뜨고 있는 것 같은데, 눈앞이 온통 검었다. 새까맣게 칠한 벽을 마주하고 있는 것 같기도, 거대한 항아리 속에 빠진 것 같기도 했다. 커다란 돌이, 돌이라고 하기엔 완벽한 구형의 물체가 저 멀리서, 어쩌면 손을 뻗으면 닿을지도 모르는 거리에서 은빛으로 빛나고 있었다. 어디서 본 듯 익숙하다. 저건 꼭….

"달이야."
"달…?"
"응. 저기 아래도 봐 봐."

더 이상은 둥글게 깎을 수 없을 만큼 둥그런 물체가 검은 벨벳 천 위에 놓인 보석처럼 푸르른 빛을 내고 있었다.

"저건…."
"맞아, 서현이 사는 지구야."

지구, 라는 말에 정신이 번쩍 들었다. 이건 현실이었다. 메로의 비행선을 타고 우주로 올라온 것이었다.

"와! 지구가 진짜 저렇게 생겼구나. 사진으로 봤던 것보다 훨씬 더 아름다워!"
"서현에게 이 모습을 보여 줄 수 있어 다행이야."
"2017년으로 돌아가면 장래 희망을 우주 비행사

광화문 삼거리에서 북극을 가려면

로 바꿔야겠어."

"서현이라면 우주 비행사 일도 잘할 수 있을 거야."

"우리가 시간을 되돌릴 수 있는 확률은 얼마나 된다고 했지?"

"1.6% 정도."

"우리가 다시 만날 수 있는 확률은 0.00000000001%고"

"응. 대략적인 계산이고, 그 미만일 수도 있어."

"그래도 0%는 아닌 거고."

"맞아. 우리가 살아 있는 한 0%가 될 수는 없어."

"꼭 찾아올 거지?"

"응, 꼭."

"정말 진지하게?"

"응, 정말 진지하게."

메로의 표정만 봐도 그렇게 생각하고 있다는 걸 알 수 있었지만, 나는 그 말이 꼭 듣고 싶었다.

그때 아빠의 얼굴이 떠올랐다. 광화문 앞에서 영영 흩어져 버린 줄 알았던 그 얼굴이 또렷하게 보였다. 아빠에게도 물어볼걸. 진짜 다시 나를 데리러 올거냐고. 그랬으면, 그랬더라면, 아빠도 똑같이 대답해 줬을까? 꼭 데리러 오겠다고, 언젠가는 우리 서현이 꼭 다시 찾아오겠다고.

사랑해, 서현아.

아빠의 마지막 목소리가 우주에 울렸다. 시간을 되돌리는 데 성공한다면 나는 다시 열아홉 살이 된다. 두 번째 스무 살 생일에도 아빠를 기다려 봐야겠다. 이번에는 나타날지도 모른다. 외계인 침공이라는 허무맹랑한 얘기는 뒤로한 채, 멀쩡하게 서 있을 광화문 앞으로.

뭐, 나타나지 않는다면 아빠에게도 나름의 사정이 있는 거겠지. 하지만 예전처럼 불쌍한 표정으로 카페를 나서지는 않을 것이다. 모든 은하를 가로질러 날아올 메로와 함께일 테니까. 아빠가 영원히 오지 않는다고 해도 나는 더 이상 혼자가 아닐 테니까. 아빠 몫까지 시켜 놓은 커피 세 잔과 당근케이크 세 조각을 메로와 천천히 나눠 먹고는, 아주 기쁜 얼굴로 카페를 나서야지.

"메로, 이거 꼭 가지고 있어. 아직 반도 못 지웠잖아. 나 꼭 북극에 가 보고 싶단 말이야."

나는 메로에게 지구 여행 버킷 리스트 수첩을 건네주며 말했다.

"알았어. 꼭 가지고 있을게."
"우주까지 왔더니 몸이 좀 피곤해. 잠깐 눈 좀 붙일래. 작별 인사는 하지 않을 거야. 우린 헤어지는 게 아니니까."
"응. 좀 쉬어."

광화문 삼거리에서 북극을 가려면

나는 등받이에 편하게 기대어 눈을 감았다. 메로는 내 손을 잡아 추진 레버에 올려 주고는, 그 위에 자신의 손을 포갰다.

　"다시 만나러 올게. 가까운 과거 혹은 미래에. 그때는 우리 꼭 북극에 가자."

하와이안
오징어볶음

- 하와이 나나쿨리 해변, 성당을 정면으로 바라보고 왼쪽 다섯 번째 집. 노크 열두 번.

민정은 휴대폰 보관함에 고이 담아 둔 문자 메시지를 다시 한번 읽었다. 종이쪽지였다면 진작에 닳아 찢어졌을 만큼 수없이 읽은 그 문자를…. 더 이상 지체할 수 없었다. 이번에야말로 끝을 내야 했다. 민정은 칼을 움켜쥐고는 정훈이 곤히 자고 있는 침대에 올랐다.

"너는 칼을 쥐는 자세부터 글러 먹었다."

철태가 민정에게 던진 첫마디였다. 철길을 깔아놓은 듯 널찍이 뻗은 그의 어깨 위로는 붉은 견장이 달려 있었고, 노란 원형 장식 두 개는 그가 최우수 훈련생이란 사실을 엄숙하게 선언하고 있었다.

하와이안 오징어볶음

"무슨… 말씀이십네까?"

민정의 물음에 그는 말없이 민정의 손을 덥석 잡았다. 금속처럼 차갑고 견고한 손이었다. 그는 순식간에 칼을 쥔 자세를 고쳐 주더니, 그대로 칼날을 지푸라기 인형에 박아 넣었다.

"이렇게 해야 한다. 혼자 해 보라."

철태가 손을 놓았다. 방금 전까지 그가 쥐고 있던 자리가 얼얼했다. 민정은 주뼛주뼛 지푸라기 인형을 찔렀다.

"틀렸다. 더 빠르게, 더 강하게, 더 깊게 찌르라."

민정은 다시 지푸라기 인형을 찔렀다. 인형은 속이 텅 비어 있었고, 칼끝은 한없이 공허했다. 참아 볼 틈도 없이 눈물 줄기가 민정의 얼굴을 죽죽 베었다.

"계속 찌르라. 익숙해져야 한다."

민정은 주변에 지푸라기 쪼가리가 수북이 쌓일 때까지 찌르고 또 찔렀다. 눈물이 시야를 덮어 어디를 찌르는지도 구분할 수 없었다.

"그만하면 충분히 울었다. 홍민정. 앞으로 그것이 네 이름이다."
"그렇디만 저는…."
"자식을 버린 부모가 물려준 이름 따위는 버리라. 박철태. 내래 직접 지은 이름이다."

그렇게 민정은 민정이 되었다. 그때 민정의 나이 고작 열넷이었다.

　　"에미나이, 자빠져 있을 시간 없다. 날래 가라우!"

　　철태를 두 번째로 만난 건 유격 훈련장에서였다. 조교 완장을 찬 그는 온몸에 진흙을 뒤집어쓴 채로 널브러진 민정에게 고함을 쳤다.

　　"더는… 못 가겠습니다."

　　사흘 동안 미음 한 모금밖에 먹지 못한 민정은 일어설 힘조차 없었다.

　　"버티라. 변절자는 죽을힘으로 버텨야 한다."
　　"저는 변, 변절자가 아닙니다."
　　"이 간나 새끼, 부모가 변절자면 그 자식도 변절자다!"

　　철태가 민정의 멱살을 잡아 단숨에 일으켜 세웠다.

　　"똑똑히 들으라."

　　철태는 한 손으로 멱살을 단단히 잡은 채, 민정의 귀에 대고 속삭였다.

　　"우리 같은 변절자의 아새끼들한테 두 번의 기회는 주어지지 않는다. 버티지 못하는 거이 우리에겐 또 다른 변절이다. 알간? 끝까지 버티라. 변절자 꼬리표가 떨어질 만큼 끝까지 버티라. 저들이

하와이안 오징어볶음

우리에게 아무런 의심을 품지 않을 만큼 위대한 인민 전사가 되어야 한다. 그런 날이 온다면, 우리는 진정으로 삶을 되찾을 수 있는 기회를 얻게 될 것이다. 명심하라. 버티라우."

귓엣말을 마친 철태는 거친 손길로 민정을 진흙탕으로 밀쳤다.

민정은 터져 나오려는 눈물을 꾹 참기 위해 온몸에 힘을 주었다. 철모를 고쳐 쓰고 다시 팔꿈치를 땅에 박았다. 그러고는 진흙탕을 기어 한 발씩 앞으로 나아갔다. 버티자. 위대한 인민 전사가 되자. 삶을 되찾자. 그날 민정은 자신이 나아가야 할 방향을 정했다. 이정표 앞에는 철태가 서 있었다.

민정은 칼자루를 고쳐 쥐고는 머리 위로 치켜들었다. 결코 유쾌한 결정은 아니었지만, 반드시 해야만 하는 일이었다. 흐으으읍. 침착하게 숨을 들이마셨다. 6년 결혼 생활에 대한 작별치고는 아주 고요하고 짧은 인사였다. 이제 그대로 가슴팍에 칼을 박아 넣기만 하면….

칼끝이 정훈의 살갗을 찢으려던 그 마지막 순간, 무언가가 민정의 움직임을 마비시켰다. 또 그 냄새였다. 정훈이 해 주는 오징어볶음 냄새. 기어코 그 냄새가 민정의 세 번째 시도마저 막아 세웠다.

"이, 이게 당신 종족을 위한 일이라면 빨리 해! 나,

난 괜찮으니까!"

갑자기 눈을 뜬 정훈이 머뭇거리고 있는 민정의 팔을 잡았다. 민정은 적잖이 당황했다.

"어서! 난 더 이상 여한이 없어. 당신과 함께할 수 있어서 행복했어. 이, 이렇게라도 도움이 될 수 있다면, 내 인생에도 특별한 가치가 있었던 거야."
"도대체 무슨 소리야?"
"이제 감출 필요 없어. 나… 당신이 다른 별에서 왔다는 거, 진작부터 알고 있었으니까."
"그게 무슨….”

정훈의 말에 민정은 어처구니없다는 표정을 지었다.

- 발각. 서둘러 처리 후 도주.

"이런, 쌍!"

민정은 동료의 문자 메시지와 정훈의 얼굴을 번갈아 쳐다보았다. 눈을 질끈 감은 정훈은 빨리 끝내라며 울부짖었다.

"아으으으으. 좀!"

민정은 끝내 손에 쥔 칼을 내던졌다. 칼은 장판을 뚫고 방바닥에 30도 각도로 콱 박혔다. 그 모습을 본 정훈은 마치 자신의 심장이 찔리기라도 한 듯 가

하와이안 오징어볶음

습을 쓸어내렸다.

"벌써…."

커튼 틈으로 창밖을 보니 검은색 차 두 대가 아파트 단지로 들어오고 있었다. 민정은 장롱에서 서류 봉투를 꺼내 정훈에게 던졌다.

"챙겨. 죽이고 가는 게 내 입장에서는 깔끔했을 테지만…. 처음이자 마지막으로 주는 결혼기념일 선물쯤으로 생각해. 그건 지금까지 내가 해 왔던 임무들의 상세 내역이야. 당신은 아무런 관련이 없다는 증거도 같이 들어 있어. 그걸 정부 쪽에 제출하면 신변 보호를 받을 수 있을 거야."

"정부? 과학 기술부 말이야?"

"무슨 과학 기술부야! 국정원이든 국방부든, 아무튼 그런 쪽에 내라고."

민정은 옷방으로 가 당장 필요한 옷가지만 분주하게 챙기고는 현관으로 향했다.

"나는 당신을 우주 끝까지라도 따라갈 거야."

언제 현관에 와 있었는지, 정훈이 민정을 가로막았다. 지금이라도 정훈을 처리할까 하는 생각이 든 순간, 민정은 복도 멀리에서 나는 발소리를 들었다.

"귀찮게 됐네."

민정은 다시 옷방으로 가더니 캐비닛을 밀어 쓰

러뜨렸다. 드러난 벽면에는 비상계단으로 통하는 구멍이 뚫려 있었다.

"아니, 당신…. 이런 구멍은 언제 파 둔 거야? 여기 전세야!"

민정은 정훈의 말에 대꾸도 하지 않고 구멍을 통해 집을 빠져나갔다. 그 모습을 멀뚱히 바라보던 정훈도 황급히 민정을 따라 구멍으로 나갔다.

"따라오지 마!"

이번에는 정훈이 아무런 대꾸도 하지 않았다.

1층에 도착한 민정은 미리 준비해 둔 차량을 향해 뛰어가 문을 열었다. 서너 명쯤 되는 괴한들이 이쪽으로 달려오고 있었다.

"이 차는 언제 산 거야? 혹시 우주선…?"
"저 종간나 새끼들! 일단 타, 헛소리 작작 하고."

민정은 더 이상 시간을 지체할 수 없었다. 시동을 걸자, 괴한 무리는 무어라 욕지거리를 뱉으며 더욱 빠르게 쫓아왔다. 정훈이 막 안전벨트를 매려는 찰나, 민정은 액셀을 있는 힘껏 후리듯이 밟았다. 순간 정훈의 몸은 진짜 우주선을 타고 이륙하는 것처럼 강한 중력에 짓눌렸다. 부부가 탄 차는 라이트도 켜지 않고 깊은 밤의 아파트 단지를 벗어났다.

하와이안 오징어볶음

민정이 철태를 마지막으로 만난 건 3년 전이었다. 둘은 같은 임무에 투입되었다. 위대한 인민 전사인 철태의 움직임에는 어떠한 군더더기도 없었다. 목표물을 확인하고, 날렵하게 처리했다. 현장에는 머리카락 하나, 발자국 하나도 남겨 두지 않았다.

"가자."

꼭 지금처럼 깊은 밤이었다. 그는 라이트도 켜지 않은 채 어둠 속으로 차를 몰았다.

이따금씩 스쳐 지나가는 가로등 빛이 그를 비췄다. 단단한 눈동자는 도로를 꿰뚫고 있었다. 떡 벌어진 어깨는 자동차 시트에 붙여 놓은 듯 미동도 하지 않았다. 외투 위로도 선명할 만큼 다부진 팔 근육은 절도 있게, 딱 필요한 만큼만 움직여서 핸들을 꺾었다. 민정은 지난 19년을 버티며 눈 하나 깜짝이지 않고 상대의 경동맥을 끊어 낼 수 있는 냉혈한이 되었지만, 그와 함께 있을 때면 언제나 가슴 한구석이 뜨거워지곤 했다.

"철태 동무, 수고 많으셨습네다."

민정은 머릿속에 가득 찬 말들을 한참 고르고 골라, 수줍게 한마디를 건넸다.

"이쪽에서는 둘이 있을 때도 북조선 말투를 쓰지 말라 했을 텐데."

그는 민정 쪽으로 고개를 1mm도 돌리지 않고 말

했다.

"죄, 죄송합니다."

두 사람이 탄 차는 침묵 속에서 가로등 수십 개를 지나쳤다.

"때가 되었다."

그는 여전히 전방에 시선을 단단히 고정한 채, 탄광 저 아래에서 캐낸 듯 짙은 음성을 뱉었다.

"무슨… 말씀이십니까?"
"기억하나? 버티다 보면 삶을 찾을 때가 온다는 말."
"똑똑히 기억하고 있습니다."
"그때가 되었다. 난 오늘 떠난다."

철태는 갓길에 차를 세웠다.

"내려. 5분 뒤에 내가 도주했다고 당에 보고해. 그렇게 하면 넌 의심받지 않을 것이다."
"하지만 철태 동무가…."
"일없다. 추격조라 해 봤자 어차피 조무래기들뿐이다."
"떠난다는 말씀은 왜 제게 하시는 겁니까?"
"……."

철태는 차 문의 잠금장치를 연 다음, 민정에게 내리라는 손짓을 하였다. 민정이 차에서 내리자, 라이트

하와이안 오징어볶음

를 켜지 않은 철태의 차는 금세 도로 끝으로 사라졌다. 민정은 차가 사라진 지점을 멍하니 바라보았다.

지이잉. 민정의 휴대폰이 울렸다.

- 하와이 나나쿨리 해변, 성당을 정면으로 바라보고 왼쪽 다섯 번째 집. 노크 열두 번.

철태의 문자였다.

- 1년 후에 정리하고 오라. 그때가 되면 너도 안전하게 움직일 수 있을 것이다. 기다리겠다. 조금만 더 버티라.

민정은 그 문자를 아주 오래도록 읽었다.

- 예.

그러고는 모든 마음을 눌러 담은 한 글자를 보냈다.

민정과 정훈이 탄 차는 어느덧 서울의 끝을 달리고 있었다. 정훈은 평소와 같이 조수석에 앉아 꾸벅꾸벅 졸았다. 민정의 운전이 제법 거친 편이었음에도 정훈은 매번 15분을 넘기지 못하고 잠에 빠져들었다. 민정은 그 꼴이 우습기도 하고 신기하기도 해서 딱 한 번, 어떻게 그럴 수가 있냐고 정훈에게 물어본 적이 있었다.

"믿으니까. 당신도, 당신 운전 실력도."

정훈이 답했다.

"여기야?"

민정이 갓길에 차를 세우자, 정훈이 입가를 닦으며 어눌하게 물었다.

"뭐가?"

"외계인, 그러니까 당신 동족과의 접선 장소 말이야."

"역시 아까 죽였어야 했어."

민정은 두 손으로 얼굴을 감쌌다.

"난 당신이 다른 별에서 온 존재라도 괜찮아. 정말이야. 내 사랑은 변하지 않아."

"아니라니까! 아까부터 왜 자꾸 외계인 타령이야? 난… 외계가 아니라 북에서 온 특수 요원이야. 남조선 아새끼들 말로 하면 간첩이고. 아까 쫓아오던 사람들 봤지? 당에서 보낸 자들이야. 인민군 추격조라고. 알겠어?"

"간첩이라니, 말도 안 되잖아."

"그럼 외계인은 말이 되고?"

"난 다 알고 있었어."

하와이안 오징어볶음

"네가 뭘 알고 있는데?"

"우리 결혼식 때, 당신 가족이나 친구는 한 명도 오지 않았잖아. 결혼한 뒤로 6년 동안 단 한 명도, 아니 사진조차 보지 못했어. 당신이 먼 고향 별을 떠나 지구에 홀로 떨어졌기 때문이겠지."

"친구는 만들지 않아. 가족은 잊은 지 오래고."

민정이 미간을 찌푸렸다.

"나도 겨우 그런 이유로만 당신을 외계인이라고 생각한 게 아니야. 밤에 갑자기 일어나 컴퓨터를 켜서는, 알 수 없는 창들을 잔뜩 띄워 놓고 키보드를 미친 듯이 두드리는 날도 많았잖아? 외계와 교신을 시도한 거겠지."

"교신은 맞지만 외계는 아닌데? 요즘은 이쪽 일도 육탄전보다는 정보전이거든."

"그러다가 이상한 기계를 들고 밖에 나갔다 오기도 했잖아. 그것도 교신 아니야?"

"그건 담배를 태우고 온 건데."

민정은 정훈이 말한 그 기계를 꺼내 보였다.

"당신 담배 피워?"

정훈의 눈이 휘둥그레졌다.

"몰랐어?"

"냄새가 난 적이 한 번도 없었는데….."

"전자 담배라 냄새가 덜했겠지. 당신 코가 원체

둔한 편이기도 하고."

민정은 전자 담배 스틱을 꽂고는 전원을 켰다.

"그, 그럼 당신이 결혼 생활 6년 동안 딱 한 번 울었는데, 그게 하필 우주 영화를 봤을 때였던 건? 고향 별 생각이 나서 그런 거 아니야?"

"결혼 생활 6년 동안 우리가 영화관엘 딱 한 번 갔어. 네가 하도 졸라 대서. 그리고 운 건 당신이었지. 시끄럽게 꺽꺽꺽. 난 하품을 하느라 눈물이 쥐 오줌만큼 찔끔 맺힌 정도였고."

"그… 배스킨라빈스에 가면 왜 꼭 '엄마는 외계인' 맛만 고른 건데? 장모님이 생각나서 그런 거 아니야?"

"난 엄마 없어. 그리고 그게 그 가게 인기 제품인 거 몰라? 셋 중 하나는 그 맛을 고를걸? 암, 남조선에서 유일하게 혁명적인 제품이지."

"그, 그럼 내가 외계인 꿈을 자주 꾸게 된 건 뭐 때문인데? 당신이 내 정신에 영향을 미친 거 아니야?"

정훈은 얼굴이 벌게져서는 질문을 쏟아 냈다.

"이따위 쓸데없는 생각을 온종일 하고 있으니, 꿈에 나오는 것도 당연하잖아."
"그… 그럼….."
"헛소리 그만하고 아까 준 서류나 읽어 봐."

정훈은 서류 봉투를 열어 한 줄 한 줄 꼼꼼하게

하와이안 오징어볶음

읽었다. 과연 서류에는 민정이 간첩이라는 증거가 명백히 기재되어 있었다.

"이 사건에 당신이…?"

"이제 좀 말이 통하겠네. 내가 사라지고 나면 당에서는 당신을 찾으려 들 거야. 나에 대한 정보를 캐내야 할 테니까. 신나게 고문하다가 결국에는 죽이겠지. 그러니까 살고 싶으면 내가 시키는 대로 해. 아니면 지금 내 손에 죽든가."

"당신이 외계인이든 간첩이든 그건 중요하지 않아. 나는 어쨌든 당신을 우주 끝까지 따라갈 거야. 그만큼 사랑하니까!"

정훈의 말에 민정은 질린다는 표정을 지었다. 정훈은 처음 만난 날부터 한결같이 끈질겼다. 위장 취업한 회사에서 만난 정훈은 민정에게 첫눈에 반했다며 졸졸 따라다녔다.(당시 민정은 주머니에 든 나이프를 꺼내야 할지 심각하게 고민했다.) 몇 번이고 거절했지만, 정훈은 마음을 꺾지 않았다. 그러다 당에서 신분 위장 강화를 위해 결혼을 지시했고, 별수 없이 가장 빠르게 결혼할 수 있는 상대인 정훈을 고른 것뿐이었다. 이런 내막을 알 리 없는 정훈은 그날 이후로 메신저 상태 메시지를 '노★력하면 이루어진다♥'로 바꾸었다.(그리고 6년 동안 토씨 하나 고치지 않았다.)

"나 안 내려, 진짜 안 내릴 거야."

정훈은 두 손으로 안전벨트를 움켜쥐었다.

"그래, 그냥 마음대로 해라. 따라오든지 말든지."

그런 정훈의 끈기와 싸우고 있기에는 민정 앞에 놓인 장애물이 너무도 많았다. 민정은 적당한 곳에서 정훈을 떨어뜨려 놓을 생각이었다.

- 세운 휴게소. 부산 방향. 남색 승용차 1680.

문자를 확인한 민정은 다시 고속도로에 올랐다.

"여기서 잠깐 화장실만 들렀다 가자."
"나 두고 가려는 작전은 아니지?"
"진짜 두고 가기 전에 빨리 갔다 오자고. 시간 없다니까!"

정훈은 화장실 입구까지 가서도 민정 쪽을 힐끗힐끗 쳐다봤다. 눈이 마주치자 민정은 짜증 섞인 표정으로 빨리 들어가라고 손짓했다. 정훈이 화장실로 들어가는 걸 확인한 민정은 곧장 주차장으로 향했다.

시간이 조금 걸렸지만 민정은 1680 남색 승용차를 찾아냈다. 다행히 정훈의 모습은 보이지 않았다. 차 문을 열고 탑승하려는 순간, 갑자기 나타난 정훈이 조수석에 허겁지겁 올라탔다.

하와이안 오징어볶음

"뭐야? 어떻게 따라온 거야?"

"가라우! 날래 날래 가라우! 이상한 놈들이 쫓아오는 걸 봤어!"

"되도 않는 북조선 말 흉내 그만두고 천천히 말해 봐."

"날래!"

정훈이 냅다 허리를 숙여 손으로 액셀을 눌러 버렸다. 깜짝 놀란 민정은 핸들을 붙잡고 휴게소 출구 쪽으로 차를 몰았다. 사이드 미러를 보니 인민군들이 뒤쫓아 오고 있었다.

"민정아, 이거 완전 스파이 영화잖아?"

정훈이 들뜬 목소리로 말했다. 민정은 속도를 줄이지도 않고 차선을 넘나들었다. 차체가 크게 흔들리자 손잡이를 꽉 잡은 정훈이 환호성을 질렀다.

"와! 역시 간첩은…."

그때 추격조가 쏜 총알이 차 후미에 박혔다. 몇 차례 총성이 이어졌고, 뒤쪽 유리창마저 깨져 버렸다. 방금 전까지 영화 같다며 재잘대던 정훈은 어느새 하얗게 질려서 시트에 몸을 파묻었다.

"왜? 이래야 더 영화 같지 않아? 입 다무니까 좋네, 조용하고. 계속 그렇게만 있어."

급가속과 급정거, 칼치기가 난무하는 추격전이

이어졌다. 총성이 울릴 때마다 정훈은 점점 시트 속으로 파고들었는데, 종반에는 거의 차 바닥에 앉게 되었다.

차가 너덜너덜해졌을 때쯤, 마침내 민정이 기습적인 드리프트로 IC 출구를 미끄러지듯 빠져나간 덕분에 추격 차량 세 대를 따돌릴 수 있었다.

- 차량 포기. 안전 거처로 이동 후 대기. 말성리 978번지. 회벽. 노란 지붕.

"간나 새끼들! 어디까지 알고 있는 거야."

민정이 문자를 확인하고는 휴대폰을 뒷좌석으로 거칠게 던졌다. 당의 추격쯤은 가뿐히 따돌릴 수 있다고 생각했던 민정은 좌절감으로 목구멍이 콱 막히는 것만 같았다. 만약 그가 있었다면….

"솜씨가 제법 좋아졌구나."

철태가 칼에 묻은 피를 바지춤에 슥슥 닦으며 말했다.

"감사합니다!"

권총의 소음기를 해체하던 민정이 벌떡 일어나 경례를 했다. 입가에는 웃음이 번졌다.

"위대한 인민 전사가 되어 이 바닥을 뜬다면, 동

하와이안 오징어볶음

무는 어디로 가겠나?"

"저는… 하와이에 가고 싶습니다."

민정이 경례를 했던 손을 가지런히 모으며 주뼛주뼛 대답했다.

"아직 한참 멀었구나. 방금 한 대답은 총살감이다."

철태가 검지로 민정의 이마 정가운데를 가리켰다.

"그렇지만 동무가 제게 말씀하시길…."

"어디서든, 아무도 믿지 마라. 너의 과거, 현재, 미래에 대해 사소한 것 하나도 흘려서는 안 된다."

"예, 알겠습니다…."

민정은 고개를 꾸벅 숙인 뒤 다시 권총을 정리하였다.

"다친 곳은?"

"예?"

"다친 곳은 없냐고 물었다. 아직도 미제 섬에 정신이 팔려 있나?"

"아닙니다! 다친 곳 없습니다. 일없습니다!"

"다 챙겼으면 가자."

철태가 모자를 눌러쓰고는 성큼성큼 앞으로 걸어갔다.

"예!"

민정은 칼에 베인 상처가 보이지 않도록 지퍼를

목 끝까지 올리고는 그를 따랐다.

근처 마을에서 차량을 바꿔 탄 민정은 동료가 일러 준 안전 거처로 차를 몰았다. 어느덧 석양이 지고 있었다. 부부가 탄 차는 오렌지색 빛을 받으며 고속도로를 달렸다. 정훈은 빛에 젖은 민정의 얼굴을 바라보았다. 꽤나 피곤해 보였다.

"민정아, 간첩 일이 많이 힘들지?"
"보고도 몰라?"
"알아, 잘 알아. 속상해서 그래."

민정은 대꾸하지 않았다. 언제나처럼 참으로 다정한 목소리였다. 그 소리를 빛으로 바꾼다면 딱 지금 눈앞에 걸린 석양과 같았을 것이다. 임무를 수행하고 파김치가 되어 집에 들어갈 때면, 정훈은 꼭 그런 목소리로 민정을 맞아 주었다. 이제 좀 쉬어도 좋다고 온몸을 따뜻한 담요로 감싸 주는 것 같았다. 하지만 그건 민정에게 허상일 뿐이었다. 언젠가 총과 칼과 피에 파묻혀 죽을지도 모르는 자신의 인생과는 정반대 위치에 놓인 환상에 불과했다. 그런 생각은 민정을 비참하게 만들곤 했다.

"잠깐 졸음 쉼터라도 들르자. 운전 교대해 줄게. 지금은 따라오는 인민군이 없으니까, 내 솜씨로도 괜찮을 거야."
"입 다물어! 당장 내릴 거 아니면 입이라도 닫고

하와이안 오징어볶음

있으라고."

허상인 걸 아는데, 가끔은 그 목소리에 기대어 잠들고 싶었다. 오늘은 특히 더 그랬다. 더 이상 아무것도 신경 쓰지 않고, 양말도 벗지 않은 채로 침대에 고꾸라지듯이 쓰러져 온몸을 맡기고 싶었다. 그러나 민정은 그럴 수 없다는 걸, 그래서는 안 된다는 걸 누구보다 잘 알았다. 나약한 생각에 빠져 있을 여유는 없었다. 석양보다 빠르게 달려 하와이에 닿아야 했다. 그를 만나야 했다.

"쌍! 종간나!"

민정은 핸들을 내리치고는 원수의 목을 조르듯이 액셀 페달을 발로 짓이겼다. 쾅 소리에 깜짝 놀란 정훈은 조심스럽게 등받이를 당겨 바른 자세로 앉았다.

"안 가?"

안전 거처 앞에 차를 세운 민정이 정훈에게 물었다.

"어딜?"

"언제까지 따라오려고? 이제 갈 길 가. 걸리적거리니까."

"내가 갈 길은 당신이야."

정훈의 말에 민정은 이마를 짚었다.

"맘대로 해. 어차피 난 여기 잠깐 머물렀다가 내 갈 길로 갈 테니까."

민정은 가방을 뒤져 권총을 꺼냈다.

"당신 총도 있었어?"

"조용히 해."

민정은 안전 거처 바깥을 한 바퀴 돌며 인기척을 살폈다. 아무도 없는 것 같았다. 총알을 장전하고 문을 살며시 밀었다. 잠금장치는 없었다. 정훈에게 가만히 있으라는 손짓을 보낸 뒤 안으로 진입했다. 어둠 구석구석을 살피는 그 움직임은 기민하고도 침착했다. 머리카락 하나라도 놓치는 순간 여기까지 오는 데 기울인 모든 노력이 수포로 돌아가게 될 것이다.

"들어와."

곳곳을 수색한 민정은 이내 안전하다는 결론에 도달했다. 정훈은 지뢰밭이라도 지나듯 잔뜩 긴장한 얼굴로 발걸음을 옮겼다.

한숨 돌린 민정이 벽에 등을 대고 스르륵 주저앉았다. 꼬르르르륵. 몸에 긴장이 풀리자 허기가 몰아쳤다. 하루 종일 아무것도 먹지 못한 데다가 몸은 완전히 지쳐 있었다.

"배고프지? 잠깐만."

정훈이 가방에서 무언가를 후두둑 쏟아 냈다.

"뭔데?"

하와이안 오징어볶음

"여기 불빛 좀 비춰 봐."

홈런볼, 빈츠, 오예스, 아몬드빼빼로, 천하장사…. 간식거리가 한 상 펼쳐졌다.

"이런 건 언제 챙겼어?"

"아까 휴게소 편의점에서. 이거 사다가 당신 놓칠 뻔했잖아. 그때 진짜 날 두고 가려던 건 아니었지?"

두고 가려고 했다. 휴게소에 쓰레기 버리듯 내던지고 떠나려고 했다. 민정이 그런 생각을 하는 와중에 정훈은 허겁지겁 편의점에 들러 간식거리를 샀다.

"뭐, 당신이 갑자기 동료한테 연락을 받아서 차를 바꿔 타야 했던 거였겠지. 나한테도 연락하려고 했을 거야. 그치? 근데 그때 갑자기 인민군이 쫓아왔잖아."

눈앞에 놓인 간식을 한데 뭉쳐 목구멍에 쑤셔 넣은 것처럼 민정의 목이 막혔다.

"이딴 걸 왜…."

"목 막힐 수도 있으니 이것도 좀 마시고."

민정은 정훈이 건넨 알로에 음료에 그만 헛웃음이 터졌다.

"왜 그래? 당신이 좋아하는 게 없어?"

"아니."

"그럼 어서 먹어. 배고프겠다. 이것뿐이라 미안해."

어둡고 곰팡내가 나는 실내에 정훈의 나긋한 목소리가 퍼졌다.

"김정훈, 너는 도대체가…."

삶의 모든 부분이 기밀이었던 민정은 누구에게도 자신의 마음을 털어놓은 적이 없었다. 아주 작은 것까지도 철저하게 비밀에 부쳤다. 가령 자신이 좋아하는 과자나 음료수가 무엇인지까지도. 그런 것 하나하나가 결국 자신의 정체를 드러낼 수도 있다고 믿었기 때문이다. 그건 철태의 가르침이기도 했다.

하지만 정훈은 민정이 좋아하는 과자와 음료가 무엇인지 정확히 꿰뚫고 있었다. 바닥에 놓인 과자 중에는 심지어 민정이 딱 한 번만 먹어 본 것도 있었다. 정훈은 결코 매사에 꼼꼼한 사람이 아니었다. 흘리는 일도, 까먹는 일도 많았다. 그런 그가 민정이 좋아하는 간식거리는 상표 하나 틀리지 않고 외고 있었던 것이다.

"이걸 네가 어떻게 다 알고 있는 거야?"
"어떤 걸?"
"전부 다 내가 좋아하는 것들이잖아. 하나도 빠짐없이."
"응, 그러니까 샀지."
"그걸 네가 어떻게 알고 있냐고!"
"어떻게 몰라? 6년이나 같이 살았는데. 당신이 먹고 어떤 표정을 짓는지, 한 번에 몇 개까지 먹는지

하와이안 오징어볶음

만 봐도 다 알 수 있는걸."

"헛소리하지 마! 난 네가 무슨 과자 쪼가리를 좋아하는지 하나도 몰라. 그딴 건 관심도 없다고!"

"응, 알아. 당신은 원래 그런 거에 관심 없잖아."

"원래의 나에 대해 뭘 안다고 그딴 소리를 지껄여! 당의 지시가 없었으면 너랑 결혼할 일 같은 건 죽어도 없었어. 화나지도 않아? 6년 동안의 모든 게 다 가짜였다는데."

"가짜라고 생각한 적 없어. 외계인이라고 생각한 적은 있어도."

"그놈의 외계인 소리 좀 집어치워! 이 과자들도 전부 치워. 꼴 보기 싫으니까. 다 필요 없어. 다 지긋지긋해. 여기까지 데려오는 게 아니었어."

"민정아, 오늘 너무 고생해서 그래. 잠깐 가라앉히고 앉아서 같이 과자 먹자, 응?"

정훈이 민정에게 다가와 손을 감쌌다. 평생 키보드만 두드린 부드러운 손이었다. 민정은 그 손이 포개질 때면 상처와 굳은살이 가득한 자신의 손이 항상 민망했다.

"놔."

"좀 앉자."

"놓으라고, 잘라 버리기 전에."

"쉬면 좀 나아질 거야. 잠잠해지면 집에 돌아가자."

"집?"

집이라는 그 말이 결국 민정의 속을 뒤집어 놓았다.

"집? 아직 상황 파악을 못 한 거야, 아니면 못 한 척을 하는 거야? 난 조국을 배신하고 도망친 군인이라고! 네가 말하는 그 집에는 평생 못 돌아가."

"개구멍 파 놓은 그 전셋집이 아니어도 돼. 새 집을 구하면 되지. 어디서든 우린 다시 시작할 수 있어."

"닥쳐! 나한테 집 같은 건 없어. 이제 평생 도망자 신세로 살 텐데, 어딜 가든 사방을 경계해야 할 텐데, 벽 있고 지붕 있다고 집이라고 할 수 있겠냐고!"

민정의 절규가 벽으로, 바닥으로, 천장으로 반사되면서 어둠뿐인 텅 빈 실내를 가득 울렸다.

"내가 평생 같이 있을게. 둘이면 할 수 있어."

"네가 제일 큰 문제야! 너를 결혼 상대로 고른 것부터 실수였어. 아까 죽이지 못한 게 너무나도, 너무나도 후회가 돼. 그 빌어먹을 오징어볶음만 아니었으면…."

"오징어볶음이 왜? 맛없었어?"

"더럽게 평범한 맛이야. 그걸 먹을 때마다 내가 어땠는지 알아? 밥 한 공기를 더 먹을까, 말까 하는 생각뿐이었어. 더 먹자니 그렇게까지 맛있진 않을 것 같고, 또 안 먹자니 이따 생각날 것 같고. 당장 내일 사람을 죽여야 할지도 모르는데, 그러다 내가 죽을지도 모르는데… 고작 그딴 생각밖에 안 들었다고! 그걸 먹고 있으면 다른 사람들처

하와이안 오징어볶음

럼 평생토록 저녁마다 TV 드라마를 보고, 씻고, 자고, 다음 날 회사에 나가서 자판이나 두드리게 될 것만 같았어. 아니, 그러고 싶어졌어. 2년 전에는 떠났어야 했는데, 빌어먹을 너랑 빌어먹을 오징어볶음이 내 발목을 잡은 거야. 고작 그까짓 게."

"민정아…."

정훈이 민정을 끌어안으려 했다.

"손 치워!"

민정은 정훈을 밀치고는 가슴팍에 총을 겨눴다.

"민정아, 난 진짜 보잘것없는 사람이야. 인물도 어디 내세울 데 없고, 가진 것도 넉넉하지 않아. 재미도 없고, 잘하는 것도 없어. 누구보다 당신이 잘 알겠지. 그런 내가 인생에서 딱 하나 잘한 일이 결혼이라 생각했는데, 그것도 당의 지시 덕분이었구나. 그래, 그것도 좋아. 행운인 거잖아. 생전 처음으로 운이라도 좋았던 거야."

정훈이 민정에게 한 발자국 다가왔다.

"오지 마."

"난 당신을 처음 만난 날부터 특별한 사람이라고 생각했어. 그래서 외계인이라는 생각이 들었을 때도 그렇게까지 놀라지 않았던 거야. 그냥 쉽게 믿어 버렸지. 당신은 정말 신비한 생명체거든. 사실 간첩인 것도 놀랍지 않아. 홍민정은 역시 보통 사람이 아닐 줄 알았다고. 나, 6년간 너무 행복했는데 또 한편으로는 좌절했었어. 당신한테 충분한 사람이 아닌 것 같아서 말이야. 그래서 늘 당신이 떠나가 버릴지도 모른다는 걱정을 했지."

"거기까지만이야. 한 발자국만 더 와 봐."

"난 어떻게든 당신에게 특별한 것을 주고 싶었어. 그래야 당신에게 조금이라도 어울리는 사람이 될 테니까. 근데 당신이 원하는 게 평범한 삶이라고? 그럼 나한테도 조금은 희망이 있다는 거잖아. 정말 열심히 노력하면 거기까진 닿을 수 있을 것 같아. 특별한 건 주지 못하더라도, 우리가 평범하게 살 수 있도록 내가 죽어라 노력해 볼게. 내 모든 걸 쏟아서 당신에게 평범함을 선물해 줄게. 시간은 좀 걸리겠지만, 내가 남들만큼 가진 거라고는 시간뿐이니까."

오징어볶음 냄새가 났다. 민정의 손가락이 방아쇠에서 미끄러져 내렸다.

"민정아…."

정훈이 민정을 와락 끌어안았다. 민정은 아무런 말도 하지 않았다. 목구멍에 걸린 울음이 새어 나가지 않도록 입술을 꽉 깨물었다. 하지만 곧 그럴 필요가 없다는 걸 깨달았다. 정훈이 엉엉 소리를 내며 대성통곡을 시작한 것이다. 그 울음소리에 숨어 민정도 살며시 입을 열고 울음을 뱉었다.

하와이안 오징어볶음

바스락.

민정은 정훈의 입을 틀어막고는 총을 고쳐 잡았다.

"뭔데?"

정훈이 속삭였다.

"최소 둘, 어쩌면 셋. 저기 구석에 찌그러져 있어."

민정은 정훈을 제일 구석 쪽으로 보내고는 문 근처 벽에 기대어 숨을 죽였다. 벽 근처 창문은 외투로 덮어 빛을 차단했다. 잠시 뒤 끼이익 하는 소리와 함께 바깥 공기가 코 밑을 스쳤다. 인민군 하나가 실내로 진입했다. 민정은 미동도 하지 않았다. 곧이어 하나가 더 들어왔다. 민정은 세 번째 인민군이 들어오길 기다렸지만, 10초가 넘도록 들어오는 자가 없었다. 민정은 일단 둘을 제압하기로 했다. 인민군들은 어둠에 몸을 감추기 위해 랜턴을 켜지 않았다. 적에 비해 인원은 부족하지만 이미 어둠에 적응한 민정에게 유리한 상황이었다. 그들이 어둠에 적응하기 전에 서둘러 처리해야 했다.

첫 번째 놈은 반드시 총질 없이 조용히 제압해야 한다. 섣불리 발포를 했다가는 두 번째 놈에게 위치가 발각될 확률이 높아진다. 철태의 당부가 귓가에 울렸다. 민정은 첫 번째 인민군에게 순식간에 달려들어 목을 홱 꺾었다. 목뼈가 부러지는 소리에 정훈은 입을 틀어막아야 했다. 동료가 쓰러지는 소리를 들은 두 번째 인민군은 참지 못하고 랜턴을 켰다. 민정은 그 찰나를 놓치지 않고 빛이 나는 쪽으로 정확히 총알을 박아 넣었다. 비명 소리조차 내지 못하는 걸 보니 단발에 즉사한 것이 틀림없었다.

"김정훈, 땅에 떨어진 랜턴 꺼."

민정은 나지막하게 지시를 내렸다. 정훈은 땅을 엉금엉금 기어 랜턴을 껐다.

"민정아, 여기 바닥이 축축한데, 혹시 이거… 피야?"
"총 맞고 뒈졌는데 그럼 피겠지 물이겠니? 다시 구석으로 가 있… 커억!"

순식간에 두꺼운 팔이 민정의 목을 졸랐다. 방금 전의 총소리 때문에 세 번째 인민군이 들어오는 걸 알아채지 못했다.

"동무, 인민을 배신한 쪼간이 무엇이디? 추동한 아새끼 이름을 대라우."

세 번째 인민군은 목을 더욱 세차게 졸랐다. 민정은 발버둥 쳐 봤지만 정신이 점차 희미해져 가고 있었다.

"언제까지 아구리를 닫고 있을지 궁겁기만 기래!"

구석에 쪼그린 정훈은 어쩔 줄을 몰랐다. 이제 민정의 팔다리에서도 힘이 빠지기 시작했다.

"야, 이 씹, 씹새끼야!"

그때 정훈이 소리를 지르며 튀어나왔다. 세 번째 인민군이 갑작스런 외침에 당황한 그 순간, 정훈은 손에 쥐고 있던 랜턴을 켜서 그의 눈에 들이댔다. 두 번째 인민군이 쓰던 랜턴은 제법 고성능이었다. 빛 때문에 순간적으로 눈이 먼 세 번째 인민군은 "종간나 새끼!"라고 외치며 총을 쏴 댔다. 총알은 엉뚱한 곳으로 날아가 박혔다. 목을 조르던 팔에서 풀려난 민정은 뒤통수로 인민군의 코를 들이받은 뒤, 재빨리 뒤로 돌아 그의 머리에 총알을 박았다.

"하, 간나 새끼들…."

이곳이 제대로 된 안전 거처라면 추격조에게 이렇게 빨리 발각되었을 리 만무했다.

"괜찮아?"

민정이 달달 떨고 있는 정훈에게 물었다. 정훈은 입 밖으로 소리도 내지 못하고 고개만 끄덕였다.

"빨리 여길 떠야겠어. 곧 있으면 더 몰려올… 피해!"

민정은 정훈 뒤로 나타난 네 번째 인민군을 발견했다. 그는 쇠몽둥이로 정훈의 머리를 후리려던 참이었다. 민정은 재빨리 정훈의 다리를 차서 쓰러뜨린 뒤, 인민군의 쇠몽둥이를 팔로 막아 냈다. 뼈가 부서지는 느낌이었다. 민정은 아파할 틈도 없이 반대쪽 손에 쥔 총으로 네 번째 인민군에게 죽음을 선사했다.

"이래야지, 당연히 이래야지. 내가 뭘 기대한 거야."

민정은 조금 전 정훈을 끌어안고 울었던 자신의 모습이 우습게 느껴졌다. 방금 벌어진 일은 앞으로도 평생 반복될 일이었다. 세상 어디서든 추격조와 싸워야 할 테고, 정훈을 휘말리게 했다가는 며칠 가지도 못해 사별하게 될 것이 뻔했다. 오징어볶음이라니. 민정은 그게 평범하기는커녕 아주 사치스러운 꿈이었다는 것을 깨달았다.

"서류 있지? 잘 챙겨. 국정원이나 국방부에 내라는 말, 기억하지?"
"기억은 하는데… 어차피 필요 없잖아? 당신이랑 같이 갈 거니까."
"시키는 대로 좀 해!"

민정이 정훈에게 총을 겨눴다.

"다, 당신, 또 왜 그래? 응? 진정해 봐."
"서류 챙겨서 먼저 나가. 여기 있으면 어차피 죽어."
"민정아, 총 내려놔. 우리 방금 전처럼 잘하면 되잖아."
"빨리 서류 챙겨서 나가라고! 이번에는 진짜 쏠 거야."

하와이안 오징어볶음

정훈은 울먹이면서 민정에게 가까이 다가갔다.

"왜 이렇게 말귀를 못 알아 처먹어. 이 방법밖에 없다고!"

정훈이 사정권에 들어오자, 민정은 총 손잡이로 그의 목을 후려쳤다.

"말로 할 때 들었으면 좀 좋아?"

정훈은 그대로 기절해 고꾸라졌다.

"여기 말성리 978번지입니다. 살인 사건이 났어요. 장난 전화 아닙니다. 네 명이 죽었고 한 명은 기절했어요. 그렇게 안 믿기면 직접 와서 보시든가."

정훈을 이대로 두고 가면 국정원에 서류를 내기도 전에 인민군에게 잡혀갈 터였다. 당장 경찰의 보호부터 받아야 했다. 신고를 마친 민정은 가방을 챙겨 안전 거처를 벗어났다.

쇠몽둥이를 막았던 팔이 깨질 듯 아팠다. 민정은 나뭇가지를 꺾어 부목을 대었다.

"흡!"

아픈 부위를 천으로 조여 매니 비명이 절로 났다. 멀리서 경찰차 사이렌 소리가 울렸다.

"다행이네."

경찰차가 안전 거처 근처까지 접근하는 걸 본 민정은 자리에서 일어났다.

"꼭 살아."

- 이상 무?

동료에게서 문자가 왔다. 민정은 씁쓸한 웃음을 지었다. 추격조 쪽에서 연락이 오지 않으니 민정을 떠본 것일 테다.

- 이상 무. 곧 선착장으로 이동하겠다.
- 무사 탈출 기원. 주소는?
- 영회리 394-1.

민정은 거짓 목적지를 전송했다. 정보를 감추는 것보다 거짓 정보를 흘리는 것이 더 많은 시간을 벌 수 있는 길이었다. 상대방은 민정을 찾느라 서너 시간은 쓸 테고, 그 정도면 배를 타고 뜨기에 충분했다. 민정은 마을로 내려가 가장 후미진 곳에 주차된 차를 탈취했다.

"남조선에서 하는 마지막 나쁜 일이네. 얌전히 타고 갈 테니, 꼭 신고해서 찾아가시오."

민정은 핸들을 쓸어내리며 나지막이 말했다.

하와이안 오징어볶음

라이트도 켜지 않은 차가 깜깜한 마을을 빠져나
갔다.

"오랜만이네. 이제 평생 마지막인가."

"그랬으면 좋겠네."

선착장에 도착한 민정은 오랜 동료인 태수와 건
조한 인사를 나눴다.

"오철자가 배신이라…. 거참."

"이 바닥이 그렇지. 그 양반도 나름의 쪼간이 있
었을지도."

"야, 이제 이 바닥 뜰 때가 되니까 마인드가 긍정
적으로 바뀌었나 봐?"

"마인드? 이거이 남조선 물을 바가지로 들이켰구
나. 미제 말 섞는 걸 보니."

"여기 온 지 15년이야. 고향이 가물가물할 지경이
라고. 7년 만에 내빼면서 폼 잡지 마."

"폼?"

"꼬투리 그만 잡고, 5시 출항이니까 눈 좀 붙여 두
도록 해. 하와이, 라고 했지?"

"기래."

"부럽다, 야. 근데 너무 위험하지 않갔어? 눈에 띄
는 관광지인데."

"일없다."

민정은 새벽 바다를 바라보았다. 이 순간이 오면 마음이 아주 홀가분할 거라 생각했는데, 몸통 속에서 파도가 치는 듯 마음이 싱숭생숭했다. 고작 평범한 삶을 살고 싶었을 뿐이다. 이념을 내세우며 누군가를 해쳐야 하는 삶 말고, 1000~2000원을 아까워하며 장을 보고 오징어볶음을 만들어 먹을 수 있는 삶. 주말에는 반쯤 누워서 외제 맥주를 까 놓고 외제 영화를 볼 수 있는 삶. 그런 장면 옆에는 착해 빠진 정훈이….

민정은 흠칫 놀라 고개를 저었다. 어차피 그런 삶은 존재하지 않는다. 나나쿨리 해변으로 가 열두 번의 노크를 하자. 그다음 일에 대해서는… 아무런 생각도, 기대도 하지 말자. 자꾸만 차오르려는 오징어볶음 냄새를 밀어내기 위해 민정은 담배 연기를 깊게 들이마시고는 코로 내뿜었다. 아주 길게, 아주 멀리. 바닷바람을 타고 저 멀리 날아가 버리도록.

"뒤도 돌아보지 말고 가라. 몸 잘 챙기고, 그동안 해 보고 싶었던 거 마음껏 하고 살길 바란다."

태수가 부두에 묶인 홋줄을 풀며 말했다.

"해 보고 싶었던 거라…. 기래, 고맙다. 이 은혜 잊지 않을게."

민정은 태수와 악수를 나누고 배에 올랐다.

하와이안 오징어볶음

배는 부두에 기대어 있던 선체를 조금씩 떼어 냈다. 민정은 머릿속으로 나나쿨리 해변을 그려 보았다. 바다를 향해 문을 연 성당과 좌측 다섯 번째에 놓인 집을 상상했다. 노크 열두 번은 어떤 방식으로 해야 하지? 연달아서? 여섯 번씩 끊어서? 그 문을 열고 나올 철태는 어떤 모습을 하고 있을까. 하와이안 셔츠를 입고 선글라스를 쓴 모습이라면 조금 낯설 텐데. 약속한 날짜보다 2년이나 늦었으니 미안하다는 말부터 해야겠지….

삐이이이이잉.

그때 멀리서 사이렌 소리가 울렸다. 민정은 주머니에 넣어 둔 권총을 꺼내면서 몸을 수그렸다. 경찰차는 천천히 속도를 줄이더니 항구 앞에서 반듯하게 멈춰 섰다. 민정은 침을 꼴깍 삼키고 총알을 장전했다. 한 방에 머리를 날릴 수 있도록 숨을 참고 조준선을 가다듬었다. 곧 경찰차 문이 열리며 사람의 형체가 드러났다.

"민정아!"
"김…정훈?"

경찰차에서 내린 건 정훈이었다.

"가지 말라우! 같이 가자우!"
"그 경찰차는 뭐야? 경찰이랑 같이 온 거야? 헛수

작을 부리는 거면…."

"아니야, 나 혼자야! 간첩 남편답게 경찰차를 슬 쩍한 것뿐이야!"

민정이 부른 경찰이 안전 거처에 도착했을 때, 정 훈은 가까스로 정신을 차렸다. 민정이 사라진 걸 깨 달은 정훈은 경찰이 인민군 시신을 확인하는 틈을 타, 그대로 경찰차를 몰고 도망친 것이었다.

"미쳤어?"

"그러니까 누가 두고 가래?"

민정이 헛웃음을 쳤다. 무려 경찰차를 훔쳤다니. 편 의점 커피 한 잔을 법인 카드로 잘못 결제하고 나서 횡령으로 잡혀 가니 어쩌니 호들갑을 떨던 인간이.

"너, 여긴 어떻게 알고 온 거야?"

"스마트 태그, 당신이 멘 가방에 스마트 태그가 들어 있어. 물건 분실 방지용으로 달아 두는 조그 만 위치 추적 장치 있잖아. 내가 물건을 좀 잘 잃 어버려? 그거 내 가방이야."

민정은 메고 있는 가방을 벗어 어깨끈 안쪽을 들 춰 보았다.

"아…."

3년 전이었나, 정훈이 요란한 포장지로 싼 상자를 들이밀었다.

하와이안 오징어볶음

"뭐, 어쩌라고?"

"열어 봐야지, 선물이잖아."

큰 임무를 마치고 온 민정은 당장이라도 그 상자를 부숴 버리고 싶었다.

"짜증 나니까 빨리 열어. 갖다 버리기 전에."

"알았어, 알았어. 잘 봐 봐."

정훈은 허겁지겁 포장을 뜯더니 검은 물체를 꺼내 보였다. 민정은 그 물체를 가만히 바라볼 뿐, 어떤 말도 꺼내지 않았다.

"맘에 안 들어? 당신 맨날 메고 다니는 백팩, 많이 해졌잖아. 무슨 얼룩도 많이 묻어 있고. 나름 고른다고 골랐는데, 나중에는 더 좋은 거 사 줄게. 미안해."

"필요 없는데."

정훈이 말한 얼룩은 미처 지우지 못한 핏자국이었다.

"그러지 말고, 그래도 한번 메 봐. 응?"

정훈의 성화에 민정은 가방을 대충 걸쳤다. 정훈은 그제서야 빙긋 웃더니, 뒤로 돌아 자신이 멘 가방을 보여 주었다.

"짠! 어때?"

방금 민정에게 선물한 가방과 동일한 제품이었다.

"똑같은 걸 두 개나 산 거야?"

"응, 커플 가방이야."

"커플 가방? 별 쓸데없는….”

"우리 결혼반지 빼고는 커플로 맞춰 본 게 하나도 없잖아. 헷갈릴까 봐 어깨끈 안쪽에 이름 써 놨어. 이제 서로 이 가방을 메고 있으면, 어디서도 항상 이어져 있는 거야. 실로 엮은 종이컵 전화기처럼.”

민정이 손에 쥔 어깨끈 안쪽에는 '김정훈♡'이란 글자가 새겨져 있었다. 그놈의 하트는 왜 그려 넣은 건지. 부두에 선 정훈은 자신이 메고 있던 가방을 들고 흔들어 보였다. 그 가방 어깨끈 안쪽에는 '홍민정'♡이 새겨져 있으리라. 그놈의 하트. 민정은 스르륵 눈을 감았다.

한 손에는 가방이, 또 다른 손에는 권총이 들려 있었다. 인조 가죽으로 된 가방은 정훈의 손처럼 부드러웠고, 쇳덩이로 된 권총은 한없이 차갑고 견고했다. 부드러운 건 무른 것이라고 배웠었는데, 무르다 못해 물러 터진 정훈은 악착같이 이 부두에 닿았다. 물러 터졌어도 저만큼 끈질기다면 평생 찢어질 일은 없겠다고, 민정은 생각했다. 총을 쥐고 있던 손의 힘이 조금씩 풀렸다. 이내 툭, 차갑고 견고한 쇳덩이가 갑판에 떨어졌다. 민정은 손에 든 가방을 다시 등에 메었다.

하와이안 오징어볶음

"홍민정이, 가지 말라우!"

배는 부두에서 조금씩 멀어지고 있었다.

"그 되도 않는 북조선 말 좀 하지 마. 짜증 나. 그렇게 같이 가고 싶으면 헛소리할 시간에 뛰어서 타든가."

"나 물 무서워하는 거 알잖아."

"좀 있으면 수영해서 와야 할 텐데, 그것보다는 지금이라도 뛰어서 타는 게 낫지 않겠니? 날래 날래 뛰라우!"

정훈은 잠시 망설였지만, 이내 뒤로 물러나 도움닫기를 한 후 배 쪽으로 죽을힘을 다해 뛰었다.

"으아아아, 억!"

배가 조금만 더 멀었어도 정훈은 물에 빠질 뻔했다. 민정은 갑판에 널브러진 정훈을 일으켜 세웠다. 정훈이 웃었다. 민정도 어이없다는 듯 웃었다.

파도에 배가 꿀렁이자 순간 정훈의 얼굴이 창백해졌다. 정훈은 난간 쪽으로 달려가 속을 게워 내기 시작했다.

"가지가지 한다, 참."

민정은 정훈에게 다가가 등을 두드려 줬다.

"이제 좀 괜찮아?"

"아, 어어…."

"근데 있잖아, 나 사실 외계인 맞아."

민정은 정훈에게 아주 진지한 표정으로 말했다.

"어? 그치! 맞지? 내가 그랬잖아, 아무리 생각해도 외계인인 것 같았다고. 간첩이라니, 말도 안 되지!"

방금까지 난간에 행주처럼 널려 있던 정훈이 펄쩍 뛰었다.

"아니, 아무리 그래도 외계인인 게 더 이상한 거 아니야? 간첩이 훨씬 현실적인데."

"간첩은… 욱, 우웁!"

정훈은 무어라 대꾸하려다가 다시 메스꺼움이 올라왔는지 난간을 잡고 구역질을 했다. 민정은 우습다는 표정으로 등을 두드렸다.

"잠깐 좀 앉아 있어. 금방 올게."

민정은 정훈을 난간에 잘 기대어 두고 선장실로 향했다.

"그건 곤란하겠는데. 이렇게 갑자기 말을 바꾸면 어떡해?"

"더블. 2만 불 드릴게요."

"2만 5000."

하와이안 오징어볶음

"2만 3000. 그 이상은 정말 안 돼요. 저도 내려서 묵을 곳은 구해야죠."

"참…. 그래, 인심 썼다. 자네 좋은 선장 만난 줄 알라고. 그럼 하와이 말고 어디로 갈까?"

"글쎄요…."

민정은 천천히 미간을 문질렀다.

"꾸물대면 할증 붙어."

"오징어가 아주 많이 잡히는 나라로 가 주세요."

선장은 별 시답잖은 말을 들었다는 듯, 입꼬리를 삐죽 올리더니 키를 우현으로 크게 돌렸다.

배는 라이트를 켜지 않았지만, 새벽하늘이 차츰 밝아 오고 있었다. 부부는 동이 터 오는 지평선을 향해, 머지않아 찾아올 일곱 번째 결혼기념일을 향해 나아갔다.

작가의 말

네 편의 이야기를 지나 이 페이지에 닿은 여러분께 진심으로 감사드립니다. 제가 쓴 글이 이렇게 책이 되어 읽힐 수 있다는 사실이 참으로 기쁩니다.

　이 프로젝트의 시작은 〈첫사랑의 침공〉이었어요. 원래는 타 매체에 먼저 기고했던 단편인데, 결과적으로 선택을 받지 못하고 폴더에 잠들어 있던 아이입니다. 이수인 PD님과 첫 기획 미팅을 하고 나서, "제가 써 놨던 이야기가 하나 있는데…" 하며 〈첫사랑의 침공〉을 슬-쩍 들이밀었어요. 애정이 많이 담긴 이야기였기에, 이번 기회를 틈타서 영업(?)을 해 본 거였죠.

　이야기를 읽어 보신 PD님께서 긍정적으로 반응해 주셨고, 이 프로젝트의 방향을 아예 로맨스 단편집으로 잡아 보면 어떻겠냐는 의견을 주셨습니다. 로맨스 소설을 써 본 경험은 많지 않았지만, 사랑에 대해서는 언제나 관심이 깊었어요. 사랑을 주고 사랑을 받는다는 건 인간으로서 할 수 있는 경험 중 최고라 생각해요. 고 2 때부터 지금까지 인생의 절반에 해당하는 기간을 돌아보면, 가장 중요한 축은 분명 사랑이었습니다. 거기서 비롯된 경험과 감정이 네 편의 이야기를 이루는 핵심 재료가 되었고요.

　〈첫사랑의 침공〉은 저의 스무 살 첫사랑 이야기입니다. 제대로 마음도 전하지 못하고 흐지부지 짝사랑으로 끝나 버렸다는 흔한 결말이죠. 하지만 지금 생각해도 아련합니다. 그 사람보다는 그때의 제 감정이요. 첫

작가의 말

사랑이란 떠올리는 것만으로도 그때의 자신으로 돌아갈 수 있는 하나의 이정표 같아요. 이뤄졌든 뭉개졌든, 첫사랑은 정말 아름답습니다.

〈세상 모든 노랑〉은 이별에게 전하는 편지랄까요. 이별을 겪을 때마다 참 아팠어요. 막 한순간에 세상이 변한 것 같잖아요. 남들은 다 아무렇지 않게 걸어가는데, 나만 이 세상에 처음 온 것만 같은 기분. 그런데 지나고 나면 남는 것은 결국 고마움이었어요. 그 사람과 함께했던 즐거운 추억, 그 사람에게 받았던 사랑만 남더라고요. 감성에 깊이 젖는 밤이면, '이렇게 부족한 나를 사랑해 준 사람이 세상에 존재했었다니.'라는 생각에 남몰래 감사의 눈물을 뚝 흘리기도 했습니다. 지나고 나서야 할 수 있는 말이겠지만, 이별은 어찌 보면 연인 사이의 마지막 선물이 아닐는지요.

〈광화문 삼거리에서 북극을 가려면〉은 과거의 제 자신에게 해 주고 싶은 이야기예요. 마치 영화 〈인터스텔라〉에서 현재의 주인공이 과거의 자신에게 소리치던 것처럼요. 예전에 '나만 사랑 없어' 기간을 겪은 적이 있었습니다. 내 곁에 아무도 없다고 느끼는 기간 있잖아요. 남들은 다 짝이 있는데, 나는 이렇게 못나서 사랑해 줄 사람이 아무도 없구나, 하고 자괴감을 벌컥벌컥 들이켜죠. 세상 어딘가에는 분명 나를 사랑해 줄 사람이 있는데, 그때는 왜 그렇게 스스로 나쁜 감정을 키웠는지…. 혹시라도 지금 '나만 사랑 없어' 기간을 겪고 계신다면, 이 이야기에 저의 간절한 외침이 담겨 있다고 생각해 주세요. 여러분을 사랑해 줄 사람, 반드시 있습니다.

끝으로 〈하와이안 오징어볶음〉은 지금의 제 마음을 가장 투명하게 보여 주는 이야기입니다. 2022년 겨울, 결혼을 했습니다. 아주 행복한 시간을 보내고 있지만, 종종 정훈이와 같은 마음이 들어요. 이 사람에게 내가 너무 부족한 건 아닐까, 그래서 언젠가 날 떠나 버리지 않을까. 제 성격이 원체 그렇습니다. 자신감은 없고 걱정만 많아요. 저는 아직 그 걱정을 떨치지 못했지만, 정훈이라도 떨쳐 내길 바랐습니다. 정훈이와 민정이는 지금 평화로운 해변 마을에서 알콩달콩 살고 있답니다!

책이나 영화를 보고 나면 과연 무슨 생각으로 만든 작품인지, 이것저것 검색해 보는 게 저의 소소한 낙입니다. 이 책의 '작가의 말'이 여러분께 그런 재미가 되어 주길 바랍니다. 다시 한번 제 이야기를 읽어 주셔서 진심으로 감사드립니다.

기획 단계부터 마지막까지 정말 많은 도움을 주셨던 이수인 PD님, 정말 감사드립니다. 함께 창작하는 과정이 참으로 즐거웠습니다. 먼 훗날까지도 기억할게요. 같이 힘써 주신 안전가옥 여러분과 이혜정 편집자님께도 감사 인사를 전합니다.

작가의 말

프로듀서의 말

장편 소설 《제2한강》을 통해 권혁일 작가님을 알게 되었습니다. 작가님 특유의 창의성과 섬세함에 감탄하여, '꼭 함께 작업을 해 보고 싶다'는 생각에 연락을 드렸어요. 그렇게 만나 뵙고 마주한 원고가 〈첫사랑의 침공〉입니다. 원고를 읽는 내내, 스무 살 언저리에 나부끼던 봄바람 향이 다시 찾아와 마음 한구석을 간지럽히는 듯했어요. 그래서 제안했습니다. "작가님, 로맨스 단편집 한번 만들어 보시죠!"

　　그렇게 탄생한 쇼-트 《첫사랑의 침공》은, 〈첫사랑의 침공〉, 〈세상 모든 노랑〉, 〈광화문 삼거리에서 북극을 가려면〉, 〈하와이안 오징어볶음〉 등 네 편의 사랑 이야기를 엮은 단편 모음집입니다.

　　작품 속 세계의 공기엔 벚꽃 핀 봄의 향기와 울고 난 후 입에 맴도는 슬픈 짠맛이 동시에 배어 있었습니다. 제가 하지 못했던 일을 해내는 기특한 인물들을 보니, 설레기도 하고 슬프기도 하고 짠하기도 했거든요.

　　서툴렀던 사랑에 후회를 남기지 않으려 애쓰는 윤이를 지켜보는 동안, 저의 마음 역시 철없던 시절로 달려가는 듯했습니다.

　　랑이와 영이를 통해, 어떤 이별은 나를 성장시켜 주기도 한다는 사실을 실감했습니다.

프로듀서의 말

지구가 망하고 나서야 그토록 바라던 '나를 알아주는 단 하나의 존재'를 마주하게 된 서현이를 통해, 우주 어딘가엔 내 마음을 알아줄 이가 있을 거란 위로를 받을 수 있었고요.

정훈이와 민정이를 통해, 상대방을 믿고 응원하는 사랑의 마음을 느낄 수 있었어요.

저는 잘 만든 이야기란 인물들의 후일담이 궁금해지는 이야기라고 생각해요. 책을 덮었을 때, 책 속 인물들의 근황이 궁금해서 '잘 지내는 거지?' 하고 물어보게 되는 이야기요. 정훈이와 민정이가 하와이에서 잘 지낸다니 다행입니다. 랑이와 영이가 한때의 추억을 떠올릴 때마다 미소 지을 수 있길, 윤이와 서고가 되돌아간 시간 속에선 행복하길, 메로와 서현이가 0.00000000001%의 확률을 뚫고 기적처럼 재회했기를 바랍니다.

읽는 내내 저 또한 어떤 기억들이 떠올랐습니다. "잘 지내는 거지?" 떠나간 마음에도 질문을 던지며, 멋진 이야기를 만들어 주신 권혁일 작가님께 감사하다는 말씀을 전하고 싶습니다. 아름다운 이야기를 가장 먼저 읽을 수 있는 기회를 주셔서 영광이었어요. 이혜정 편집자님과 금종각 이지현, 최세은 디자이너님, 책이 만들어지는 데에 도움을 주신 모든 분들께도 감사 인사 드립니다. 끝으로《첫사랑의 침공》의 마지막 페이지까지 함께해 주신 독자 여러분, 감사합니다.
즐거운 시간이 되셨기를 바랍니다.

안전가옥 스토리 PD
이수인 드림

첫사랑의 침공

지은이	권혁일
기획	안전가옥
프로듀서	이수인
	김보희 · 이은진 · 임미나
퍼블리싱	박혜신 · 임수빈
편집	이혜정
디자인	금종각
서비스 디자인	김보영
비즈니스	이기훈
경영지원	홍연화
펴낸이	김홍익
펴낸곳	안전가옥
출판등록	제2018-000005호
주소	(04779) 서울특별시 성동구 뚝섬로1나길 5, 헤이그라운드 성수 시작점 202호
대표전화	(02) 461-0601
전자우편	marketing@safehouse.kr
홈페이지	safehouse.kr
ISBN	979-11-93024-71-3
초판 1쇄	2024년 6월 10일 발행
초판 2쇄	2024년 7월 1일 발행
초판 3쇄	2024년 10월 22일 발행

안전가옥 쇼-트 시리즈